JN022033

前世持ち公爵令嬢のワクワク領地改革！
私、イイ事思いついちゃったぁ〜！

C T E R S
クライス
ロンテーヌ公爵家の元当主で、
ジェシカとカイデールの祖父。
カイデール
ロンテーヌ公爵家の長男で、
ジェシカの兄。
騎士になる夢を持っていた。
ジェシカ
ロンテーヌ公爵家の長女で
本作の主人公。
両親の死によって前世の記憶を思い出す。
愛称はジェシー。

CHARA
ミラン
公爵家の侍従。
好奇心旺盛な
元文官。
マーサ
公爵領にやってきた
元伯爵夫人の研究者。
ロダン
昔から公爵家に勤める
家令兼執事。
ケイト
公爵家の侍女で、
ジェシカの教育係。

第一章

今から半年前、冬の社交界シーズンが終わり春になる少し前。

両親が馬車で領へ帰還する道中、崖から転落し儚《はかな》くも共に天へ召されてしまった。

葬儀を終え喪に服し、諸々の庶務を終えたある日、公爵家の嫡男《ちゃくなん》であるカイデール・ロンテーヌ――カイデール兄さんは『これからは次期領主として生きていく！』と、騎士の夢を諦め新しい当主として邁進することを決心していた。

本来ならば嫡男《ちゃくなん》が公爵家を引き継ぐというのは、この世界の価値観では妥当な決断だ。

しかし、私は反対した。

なぜなら、私は両親が亡くなったショックで前世を思い出したからだ！

ちなみに前世はＯＬでもなければ女子高生でもなく、ただの主婦です。

サラリーマンの夫と二女に恵まれ、週三回のパートに行き、中年太りに悩まされたり、たまにママ友とランチに行ったり、平凡ながら幸せな日々を過ごしておりました。

しかし、下の娘が大学を卒業して一年経った頃、心臓発作であっけなく天へ召されてしまいました。

享年、五十四歳。本当に早すぎる人生でした。できることなら、娘たちの花嫁姿を見たかったなぁ……っと、それは置いておいて。

今世の私はロンテーヌ家長女の、ジェシカ・ロンテーヌ。父譲りの茶髪と母譲りの薄緑の目をした、ごくごく平凡な十四歳の少女Aだ。

そんな私は、向かいのテーブルでメラメラと情熱を燃やす兄さんを必死に説得し続ける。

「と、とりあえず、休学ってことにしない？　あと一年なのにもったいないよ。兄さんが卒業するまでの間に、領のこれからを考えましょうよ」

「えぇ……でも……」

まだ兄さんは納得できない様子だ。もう一押し必要か？

「決断するなら心が落ち着いている時にしましょ。領主の代替わりには一年の猶予《ゆうよ》があるし、お爺様はお元気だから助けてもらうこともできるし……即決する必要はないわ」

兄さんは脳筋というか、剣一筋というか……有《あ》り体《てい》に言えば、筋肉しか取り柄がない。そもそもこれまで剣しか勉強したことがないのだ。

そんな彼がこのまま領主になり、まともに領地を経営していけるかと言われると、それなりの結果は出るとは思うけど、少なくとも今より良くはならないだろう。

お爺様の代から我が家に勤める家令兼執事のロダンが助けてくれるだろうから、悪くもならないだろうけど。

まずは兄さんの決断を先送りにさせるため、私は連日説得をし続けた。

そして、説得をし続け二ヶ月が経ち、その途中で兄妹喧嘩勃発といった紆余曲折があったものの、兄さんをなんとか納得させ、学校を休学させることに成功した。

この休学期間で、兄妹共々なんとかして領地経営のイロハを学ぼうというつもりだ。こうして決意を新たにさせた私たちは、領主（勉強中）として領地経営のスタートラインに立ったのだった。


「おはようございます。お嬢様」

「……おはよう」

翌日。私を起こしてくれたのは、通いで働いてもらっているメイドのサラ。

まだお母様がご存命の頃に作法や所作を教えられていたので、サラは平民ではあるが、貴族のメイドとしてしっかりと働けている。それは我が家こと領のお城で働く他のメイドも同様。

ちなみに一般的に貴族というと、身の回りの世話をしてくれる侍従や侍女が三人ほどいるのが普通らしい。メイドは掃除や細々とした雑用が主な仕事。

ではどうして、メイドのサラが私を起こしたのか。

そう、我が家には執事のロダンを除き、侍従も侍女もいないのです。お察しの通り『貧乏』なのです。小さい頃からこの環境だったから当たり前と思っていたが、実は違うらしいということを最近知った。

「カイ様はすでに朝食をお取りです」

「うそ、早くない⁉　すぐ行きます」

「よろしくお願いします」

サラは一礼し部屋を辞した。

私は簡素なワンピースに自分で着替えて、足早に食堂へ下りた。

朝食の席につくと、ロダンが紅茶をサーブしながら声をかけてきた。彼は優雅な手つきで紅茶を淹《い》れているが、怪訝《けげん》な顔で私を見て首を傾げている。

「本当にお嬢様も勉強会に参加されるのですか？」

「そうよ、兄さんのおまけで一緒にね。私もこの領のことをもっと勉強しておきたいの」

おまけだと強調したが、ロダンは苦笑いを浮かべるばかりだ。

「両親が共にいなくなってしまって、やっとわかったの。本来なら領主の子供として、領のことをもっと早く勉強しておくべきだったんだって。両親やロダンに甘えすぎだったと思い知ったのよ」

私が首を竦《すく》めると、向かいに座る兄さんが口を開いた。

「まー、本来なら女の子のジェシーが勉強しなくてもいいんだけど、俺もジェシーが隣にいてくれると心強いよ。俺もまだ十七歳だし、領のことを考えれば、俺一人よりジェシーと二人のほうがいいと思う」

「それはそうでしょうが……本当によろしいのでしょうか？」

兄さんの言葉に私は安心するが、ロダンはまだ不安そうだ。

というのも、この世界は男子にのみ家督継承権がある。領主の夫人ともなれば多少なりとも領のことを勉強するのだろうが、未成年の女子である私が内政を勉強するのには違和感があるのだろう。

「大丈夫だってロダン。お爺様もわかってくださるよ。それにたとえジェシーが内政を勉強したところで、ここは王都から離れてて頭のお固い役人もいないから、誰にも何も言われないって」

もっともらしいことを言ってはいるが『忘れたときはジェシーに聞こう』って顔にダダ漏れてるのよ。

「そうですか……？」

ロダンは納得できていないようだが、領主（勉強中）の意見に従うことにしたようで、ありがたいことにそれ以上は何も言わなかった。

兄さんは早々に朝食を食べ終えると、ロダンを連れてさっさと執務室へ行ってしまった。私も急いでちょっと硬いパンと野菜スープを流し込んで、後を追いかけた。


執務室はそこそこの大きさのお部屋。イメージ的には前世の校長室に似たようなもの。いたるところに書類と資料が置かれている。兄さんは領主用の机に、私は側にあるソファに腰かけた。

「こほん。では早速勉強を始めましょうか。本日は我が領について説明をいたします」

ロダンが一つ咳払いして、ロンテーヌ領の説明をし始める。今日はロンテーヌ領がどこにあり、どんな特徴があるのか、というもの。

私はともかく、跡継ぎの兄さんはそんなことも知らないのか、なんて言われそうだ。

こんなに早く代替わりすると思っていなかったので、両親も兄さんに対してほとんど教えていなかったらしい。だから『どうせいつかは継ぐのだから、今は好きなことを』と騎士科へ進学させたのだった。

さて、我がロンテーヌ領は、王都から北東方向へ馬車で十日ほどのところにある。北には険しい山地、南には平地が広がり、その真ん中にある住みにくい寒冷地なのだそう。東西にあるミサ領とテュリガー領は温暖で自然豊かだそうで、森や田畑が広がっている。

そしてこの領地を治めるロンテーヌ公爵家は、公爵位ではあるものの、公爵の中での位は最下位。

うーん……つまり我が領は冬が長い寒冷地であるため、貧乏で人口も少ない。

……わかってた、わかってたけど、現実は厳しいよ。貧乏自体は別に苦ではないけれど、両親亡き今、この領地を兄さんと一緒に治められる自信がない。

しかしせっかくの前世の記憶があるんだし！　って、果たして何か役立つかな……？

そう物思いにふけっていたら、ロダンに注意されてしまった。

「……お嬢様、お嬢様！　ちゃんと聞いておられますか？」

「あっ。ごめんなさい。ちょっとぼーっとしてたわ。続けてくれる？」

少しだけロダンにじろりと睨《にら》まれた気がするけど、ロダンは一つこほんと咳をして、説明を再開した。

「我が領は農作物があまり育たない土地ではありますが、その少ない農作物を隣のミサ領やテュリガー領へ売って税収を賄《まかな》っておりました。しかし、領主交代と同時に取引率を下げたいという申し出を受けております。詳しく言うと、売値が下がり、税収が五パーセント減ります」

ふむふむ、なるほど。私が頷いていると、兄さんが首を傾げてロダンへ質問する。

「えっ！　どうしてそんなことに？」

「ミサ領とテュリガー領の領主は先代のご友人でしたが、あくまで取引は先代とのもの。『先代には恩があるが……』とのことです。いずれも、今年まではこれまで通りでいいが、来年度からは価格を下げてほしい、と」

税収が五パーセント減るのは中々の損失。地味にイタイなぁ。

でもお隣にも事情があるだろうし……う～ん。

「これにより、王都に納める税が不足してしまい、払えなくなります」

「ロダン、こういう場合はどうするんだ？」

「どうするとおっしゃられても……こればかりは領主の考えることです」

「そうだよね……」

兄さんはあっさりロダンに言われて、頭を抱えている。

こういうときに前世知識チートの出番じゃない！　と、ワクワクしたけれども何も思いつかん。

いざ直面すると、解決策とかすっと出てこないもんだね。

「あっ!!」

うーん、と私も考えていると、すんごくいい顔で兄さんが私とロダンを見た。何かをひらめいたようだ。

「何かいいアイデアあった？」

「もう一年、延長してもらうように誠心誠意お願いしよう！　隣領の領主たちは昔からの父上の親友なんだろ。きっとわかってくれるよ」

「「………」」

サムズアップとドヤ顔で、兄さんは言い放った。そして、私とロダンは同時に天を仰いだ。

……ダメだ。兄さん。ダメダメだよ。ちゃんと話を聞いてたの？

私は大きくため息をついてしまった。

「あ、あの、お兄様？」

「何だよ、急に気持ち悪いな、様なんかつけて」

「あのね、向こうもこれまで融通してくれてたんだし、これ以上の延長は無理じゃないかな～って」

「は～。やっぱり、そうか」

兄さんはサムズアップから一転、肩を落として悩んでいる。そりゃ～そうだろうよ。

がっかりしている兄さんを横目に、税収のマイナス分をどう補填《ほてん》するべきか、と私も頭を回転させる。

売値が下がるのは十ヶ月後。とはいえ農作物で稼ぐ必要があるとなると、正直あまり時間はない。

兄さんのアイデアのように、隣領がもう一年延長してくれれば、大分助かるんだけどね。

それに飢饉《ききん》や災害に備えるなら、プラスでもう少し税収が欲しいところ。領民が少なくて良かったのか悪かったのか。

幸運なことに、我が公爵領には借金がない。

堅実な両親が『自分でできることは自分で！』の精神を植え付けてくれたことで、今更ながら助かっている。長期でも短期でも借金は本当に厄介だからね。ニコニコ現金払いな両親で本当に良かった。

「私は一度領の様子を見てみたいわ。今の領には何があって何が足りないのか、この目で確かめたいの。先のことを思うと、運営のヒントにもなると思うのだけど」

私がそう言うと、ロダンがこっちを向いて「おや」と感心したように目を瞠《みは》った。

「お嬢様のおっしゃる通りです。ご主人様も実地体験のほうが頭に入るかもしれませんね」

「よし、わかった。今日の午後に早速行ってみるか」

お～即決。さすが脳筋――じゃない兄さん!! ロダンもダンディなスマイルを浮かべている。ロダンも思いのほか兄さんが脳筋だったことに気づいたわね。

「私ももちろんついていくわよ。よろしくねロダン」

「ええ、お嬢様」

というわけで座学は一旦終了となり、私は用意のために自分の部屋へ戻った。


さて、午後の視察に向けて準備をしなくちゃいけない。

領の地図にスケッチブック、筆記用具、汚れてもいい服、最後に水筒！

「早く午後にならないかな～。ワクワクが止まらないよ！」

さっさと準備を終わらせた私は、お昼ご飯までやることがないので、グルグルと椅子の周りを回っている。

遠足じゃないのはわかっているけど、楽しみでしょうがない。

お昼ご飯を食べ終えると、足早にエントランスへ向かう。

視察ということでいつも着ているワンピースではなく、裾が長い長袖と、スカートっぽく見えるけれど動きやすいワイドパンツ。さらにフリルがあるエプロンを着けて、遠目からでもお嬢様っぽく見えるようにした。

「何だよ、そんなに行きたかったのか？　今日は二時間くらいしか時間がとれないから、一箇所しか行けないよ」

私の気合いの入った装いを見て、エントランスにやってきた兄さんは笑う。

そんな兄さんの服装は、白いワイシャツに紺色のスラックスと長ブーツ、といった動きやすい格好。腰には帯剣している。

兄さんも随分と気合いが入ってるじゃん。てか、その剣いる？

「本日は晴れておりますし、西の森の入り口を視察いたしましょうか」

すぐにロダンもエントランスにやってきた。兄さんと同じような動きやすい格好で、馬車へと誘導してくれる。もちろん腰に剣はないけど。

ロダンは私たちを案内しながら、私の荷物を見て嬉しげに微笑んだ。

「お嬢様は本気で領の視察をされるのですね。良いお心構えです」

「だって、買い物以外で自分の領を歩き回ったことがないんだもの。今回は視察だけど、なんだか冒険みたいじゃない？」

「ジェシーはまだまだお子様だな〜」

隣を歩く兄さんに茶化されて、私は「むぅ」と口を尖らせる。でも楽しそうなんだから仕方ないじゃん！

そんな感じで私たちは談笑しながら馬車の停まる場所まで歩き、乗り込んだ。

視察ということもあり、周囲がぐるっと見渡せる屋根のない荷馬車だ。

ロダンは馭者《ぎょしゃ》席に腰を落ち着かせる。どうやらロダンは馭者《ぎょしゃ》もするようだ。驚くほどの有能ぶりである。

「では、出発いたします。荷馬車なので乗り心地はあまり良くありませんが、お話ししながら領内を視察できますので、何かあれば何なりとお申しつけください」

ロダンの言葉で、荷馬車はゆっくりと動き始める。

さっきからずっとワクワクしているけど、もっとワクワクしてきた！

領のためにも何か見つけるぞ!!


出発から二十分。早くも今回の目的である西の森の入り口が遠くに見えてきた。

もっと一時間くらいかかると思っていた。

「西の森って近いところにあるのね」

「城自体が領の南西寄りにあるからな。ちなみにお爺様はこの辺りで鍛錬《たんれん》されていたらしいよ」

お祭しの通り、兄さんはお爺様の影響を濃く受けている。

剣を学ぶようになったのも、お爺様が小さい頃に指南したのがきっかけだとか。

さらに何もない草原を十分ほど進むと、西の森の入り口へ着いた。

ロダンはそこで馬車を停め、駅者席《ぎょしゃ》から荷台へやってきて、授業を始めた。

「ご主人様、お嬢様。ここが西の森です。食卓に上る動物や植物、薬草などはここで調達しております。森の最深部にはモンスターの住処《すみか》があり、凶暴な個体がいるようです」

私と兄さんは、なるほど、と頷く。

「動物とか植物だと、何がよく見られるの？」

「この辺りは猪や兎、鹿が見られます。植物ですと木々の背が高く日陰が多いのでキノコが豊富です。春には野イチゴがたくさん実をつけるので、領民は採取してジャムにしていますね」

ふーん、なるほど～、と講義を聞く私たち。そして荷馬車から降りて辺りを散策していたとき、前世で見たことがある、とある植物を発見した。

「あっ、これ！　ヘチマじゃない？」

「お嬢様、ヘチマとは？　どちらのことでしょう？」

側にいたロダンがハテナマークを浮かべている。

あれ、ヘチマを知らない……いや名前が違うんだ。私は目の前の長細い緑の植物を指さした。

「これよ。この長細い緑のヤツ」

「それは長ウリですね」

いや、名前そのまんまじゃん。

「そう、これよ。これって食べ物じゃないの？」

「実が水っぽく味がないので、誰も食べませんね。長ウリがどうかしましたか？」

「少し採取して持って帰りたいの」

「これを？」と言いたげなロダン。しかしそんな彼をよそに、兄さんがいくつか採《と》ってくれた。

「これでいいのか？」

「ありがとう。お兄様」

「はいはい、我が妹様」

ふふ、特に必要がないと思ってた剣が役立ったね！

長ウリを手に入れて満足な私は、帰ることでもう頭がいっぱいだ。しかし、兄さんとロダンはまだ視察を続行している。

「この辺りはモンスター対策をしているのか？」

「先ほど申しましたように、最深部にモンスターの住処《すみか》があります。ただその住処《すみか》は西の森を抜けたテュリガー領に近いので、ほとんどはテュリガー領のギルドか領騎士が討伐しています」

「地形的にラッキーだったな。でも、モンスターと一戦してみたい気もする！」

と、兄さんはのほほんと話す。ロダンはコホンと咳払いした。

「数は少ないですが、それでも二、三年に一度はロンテーヌ領にもモンスターが出現します。その際には存分に腕を発揮されてください。ちなみに城が領の西寄りにあるのも、代々の領主が森を監視していたからです」

なるほど、そういうことなのね。

この辺りは日当たりがいいのに人がいないと思っていたんだよ。原因はモンスターか。

ちょっとでも襲われる危険があるなら、住むのは怖いもんね。

ふむふむ、と私はメモをとる。しかし長ウリに興味津々で、すでに気もそぞろ。

「さぁ、早くお城に帰りたいわ」

「さっきは早く行きたいって言ってたやつが、今度は早く帰りたいって……ははは」

兄さんはグリグリと私の頭を撫《な》でる。見上げると、兄さんはここ最近で一番の笑顔だった。

両親の葬儀以降、何だかんだと兄さんもストレスが溜まっていたのか、強張《こわば》った顔をしていた。

この視察がリフレッシュになったのかも。

「どちらにしろ西の森に関しては以上ですので、お嬢様の言う通り城に戻りましょうか？」

「うん！」

三人は視察という名の『西の森見学会』を開始三十分で早々に終了し、帰路へとついた。

ふふふ～ん。長ウリ……何に化けるかな？


ご機嫌で城へ戻った私は、自室へは戻らず一階のテラスに向かった。

「早速、長ウリで何かやってみよう！」

まずは手に取ってみる。見れば見るほど前世のヘチマにそっくりだ。

よし、まずは切ってみよう。

私は庭師兼馬丁《ばてい》のロック爺にナイフを借りに行くために、庭へ向かった。

ロック爺は私のお願いに、目をパチクリと瞠《みは》った。

「お嬢様がナイフを扱うので？」

「そうよ、この長ウリを切ってみたいの」

ロック爺は「わかりました」とナイフを貸してくれたが、おぼつかない手つきの私を見てオロオロ慌て始めた。

「……やっぱり代わりましょうか？」

「大丈夫よ、任せて！　心配なら近くで見ていていいから」

ロック爺の視線を感じつつ、「えい！」と長ウリを縦に半分に切った。

中は白い綿のようなものと、種がぎっしり。やっぱり、中身もヘチマだ！

ここで考えるのは、前世でのヘチマの活用法。

前世で愛読していた小説でよくあったのは化粧水……いや、そもそも作り方がわからない。でも、いつかは作りたいな化粧水……ってことで保留。

あっ、誰でも作れて使える簡単な活用法があるじゃん！

「よし、まずは形にしよう！」

私は切っていない長ウリを日当たりの良い裏庭へ運んだ。この長ウリを天日干しにしようと思う。

ちなみに私の様子を見に、ロック爺もついてきている。

「ロック爺、この長ウリをカラカラになるまで干したいから、捨てないでね！」

「お嬢様は長ウリの干物でも作るんですか？　美味《おい》しくないと思いますよ」

「ふふふ。できてからのお楽しみだよ」

ルンルン気分で私は日干しされる長ウリを見つめる。

ところが、この天日干しがまさか一ヶ月もかかるなんて！

ロック爺にそう言われたときは、あまりにショックで膝から崩れ落ちてしまった。前世で読んだ小説のように、前世知識チートでパパッと一瞬で出来上がり！　じゃないの⁉


翌日、一晩寝たことで気を取り直した私は、今日も兄さんたちと領内を巡ることにした。今回はちゃんと朝から晩までの予定。

午前中は領の城下町について勉強します。城下町へは歩いて向かいます。だって城の目の前にあるしね。

そして到着した場所は、百五十メートル四方の広場だった。前世で言うところの学校の校庭のちょい小さい版かな。一応は石畳が敷かれているけど。

「ロダン。これ、正直に言って街と言うよりただの広場だよね」

「そうですねぇ。他領の城下町と比べるとかなり小さいですね」

そんなここには一体何があるのか。ロダンは兄さんに視線を向けた。

「ご主人様にはこれから深く関わる場所でございます。入り口の右にある緑の屋根の建物は役所です。領民が生活基盤の手続きをする場所であり、生活の困り事などの相談窓口でもございます」

「……俺とここがどう関係するんだ？」

首を傾げる兄さんに、ロダンはちょっと呆れ気味に熱弁する。

「領を治めるにあたり、領民の希望や領の最新の状態を把握する必要があります。朝夕に役所から嘆願書や報告書が城へ届きますので、ご主人様は必ず日をお通しください」

「なるほど、わかった」

兄さんはキリリと真剣な表情を浮かべる。

「ねぇロダン、ちょっと聞きたいのだけれど。この領にいる領民たちの名前とか年とか家族構成って把握しているのかしら？」

ふと私は、前世の役所がやっていた仕事内容について聞いてみた。

「全ての領民はわかりかねます。しかし一家の長は税金を納めるため、役所の窓口の記憶に頼ってはいますが、顔と名前は把握しているかと」

そこまで言うと、ロダンは「ふむ」と思案する。少しして、訝《いぶか》しげな表情のまま私を見た。

「お嬢様はどうしてそのようなことを思われたのでしょう？」

「だって領民を把握できれば、今後の領政で便利になると思わない？」

そう言ってロダンの様子を窺《うかが》う。

ロダンはびっくりした表情で私を見つめていたが、すぐに私の考えの続きを催促した。

「例えばだけど、家族構成がわかっていれば、冠婚葬祭の補助も出しやすいし不正もすぐわかる。

それに勝手に住み着いた流浪者《るろうしゃ》がわかりやすくなるから、治安維持にも繋がると思う。あとはあとは……」

などなど、前世での一般知識をいくつか挙げてみた。

「なるほど……他はございませんか？」

「え？」

他か……あるにはあるけど、あんまりスラスラ言うと怪しまれるよね。

「今思いついたのはそれぐらいかな～。そんな簡単にパッとは思いつかないよ」

私は笑顔で誤魔化《ごまか》した。すると、ロダンは急に姿勢を正し、私に深々と頭を下げた。

「このロダン、大変勉強になりました。これからも思いつきで結構ですので、疑問や質問をおっしゃっていただきたいと思います」

「私でいいならいくらでも。でも、邪魔にならない？　兄さんもいいのかしら？」

「いいんじゃない？　俺にない考えが挙がれば参考になるし」

兄さんは手をヒラヒラ振って「ここには他の貴族もいないし、体面を気にしなくても大丈夫大丈夫」と笑った。ロダンは「は～。あのお嬢様が～」と感心している。おいおい、どのお嬢様だ！

一通り役所について学んだ私たちは、次に進んだ。

「次は奥の建物です。こちらでは生活必需品を販売しております」

前世で言うところのコンビニかな？

とはいえ食料品はほぼなく、革や反物《たんもの》の布や裁縫道具、薬草、ナイフなどの工具、あとはちょっとした生活雑貨が置いてある。前世の田舎にあったスーパーの二階って感じだなぁ。

建物の中に入り、私は商品を見て回る。

ふと目に入ったのは、藁《わら》が束ねられた掌サイズのブラシ。見た目はたわしっぽい。

「ねえ、この掃除道具は何かしら？」

ロダンは私の質問に機嫌を良くしたのか丁寧に答えてくれた。

「おやお嬢様、また何か思いつきましたか？　こちらは汚れを落とすための道具で、藁《わら》を寄せ集めて作られたものになります。名称は『たわしん』です」

たわしん。そのままでちょっと可愛い。

「いえ、昨日持ち帰った長ウリで作ろうとしているものに似ていたから」

私は何の気なく言ったが、ロダンはびっくりしたようで大きな声をあげた。

「長ウリとたわしんが、ですか⁉　繋がりがわからないのですが」

「実は、このたわしんと使い方が似ているの」

兄さんもロダンも眉間に皺《しわ》を寄せて、一層首を傾げている。

さすがにこのまま彼らを放置するわけにもいかないので、ざっくりとだけ教えることにした。

「実はね、長ウリをカラカラに乾燥させると、このたわしんよりも柔らかい汚れ落とし道具ができそうなのよ」

「柔らかいたわしん……ですか？」

「何に使うんだ？」

ほほ～、と再び考え込むロダン。隣にいる兄さんはまだピンときていないようだ。

「上手くいけば、長ウリは柔らかい素材になると思うの。このたわしんでは傷がついちゃう食器や服、あとは体なんかの汚れ落としに一役買うんじゃないかと思って」

まだ完成してないけど、と誤魔化《ごまか》しつつ、二人に微笑む。

兄さんは相変わらずだけど、ロダンは驚きを通り越して絶句している。

「未完成なのに、そんな具体的な発想が……！」

「最近、手では落ちない汚れが気になっちゃって」

「いやでも、着眼点は素晴らしいです。もし試作品ができたらぜひお見せください！」

「わかったわ。完成したらね。まだ、大分かかりそうだけど」

何とか誤魔化《ごまか》せたと安心していると、突然、兄さんがワシャワシャと頭を撫《な》でてきた。

「うちの妹は発想が豊かだったんだな。えらいえらい」

なぜか兄さんがドヤ顔である。

と、ちょうど兄さんを見上げたとき、たわしんの横の籠《かご》に四センチメートルくらいの球体――シャボンの実が積まれているのが視界に入った。

そこで、ピカ～ン！　とひらめいちゃった。

これで『石鹸《せっけん》チート』できるんじゃない!?　やってみたいことナンバーワンだったんだよ！

私は心の中でガッツポーズを決めつつ平静を装い、ロダンに話しかけた。

「ついでに、もう一ついいかしら？」

「はい何なりと」

ロダンの顔は今やニコニコだ。

「このシャボンの実の加工品はないの？」

「加工品……と申しますと？」

「普段、シャボンの実の中にあるサクサクした部分で汚れを落とすでしょ？　ただ毎回中身を取り出すのって面倒だし、汚れ落としがこれ一択しかないから困ってるのよ」

私は今思いついたかのように、話を続ける。

「そもそも実の殻が毎回ゴミになって煩《わずら》わしいのよね。何個か中身を集めて固めれば、もっと便利になるんじゃないかな〜って」

「なるほど……しかしお嬢様、裕福な家では、メイドがシャボンの中身を集めて瓶に入れて設置することが多いですから、煩《わずら》わしいという発想はございません」

へ、そうなの？　あれ？　我が家は……あぁ、貧乏だもんね……

「そ、そうなのね。他の貴族は自分ではやらずに、あらかじめ瓶に集められたものを使うのね」

こほん、と咳払いをして、私は辺りを見回し、一応誰もいないのを確認する。

「でもそれって裕福だからよね。私は平民にも使えるようなものを考えているのよ」

「平民ですか？」

「ええ。我が家は自分で一回一回割っていたから思いついたのかもしれないわ。私が思いついたのは、シャボンの中身を四角なり丸の形に固めて、香りを練り込んだものなのよ。水に濡らせば泡立つし、ちょっとした名産品になるんじゃないかと思って。兄さんはどう思う？」

隣で黙って聞いていた兄さんの意見も聞きたくて、話を振ってみる。すると兄さんは口角をあげて「いいな、それ」と呟いた。

「香りは女性が好きそうだが、それより固形物で濡らせば泡立つのは便利だな。遠征なんかでもゴミを出さずに気楽に使えそうだから、貴族でも欲しい人はいると思う。特に騎士には需要があるんじゃないか？」

「できるできないは置いておいて」と補足はあったものの、兄さんは賛同してくれた。

「そうなのよ。そして話は戻るけど、さっきの長ウリのアイデアと足すと、香り付きのシャボンで体を綺麗に洗えるの！　これ、売れそうじゃない⁉」

私の提案に、ロダンは「素晴らしい！」と大きな拍手を辺りに響き渡らせる。目の色を変えて大はしゃぎだ。

「感動です！　もし我が領の特産品になれば領も民も潤います！　これはじっとはしていられませんよ！」

「ロ、ロダン、落ち着いて、ね？　今思いついただけだからできるかどうかわからないの。それに、もし長ウリが他領にもあるならすぐに真似されちゃうわ」

「そこはロダンにお任せください。さぁ忙しくなりますよ！」

なんだかロダンは鼻息荒くテンション最高潮だ。でも良かった～。『は？　何言ってんの？』とか言われなくて。これなら石鹸《せっけん》チートはバッチリできそう！

私たちはロダンに連れられて、城下町にある教会や中央噴水といった場所を見学し、そこで午前の授業が終了した。

お昼ご飯を食べ終わった頃、ロダンが私たちのもとへやってきた。

「ご主人様、お嬢様。本日の午後はお話し合いに変更するのはいかがでしょう？」

どうやら午前中に話していた特産品を詰めたいようだ。

「俺はいいんだけど、まだ長ウリのたわしんは完成していないんだろ？」

「うん。昨日から干し始めたんだけど、カラカラになるのに一ヶ月はかかるんじゃないかって」

私はあのときのショックを思い出しながら、食後の紅茶を机に置いた。

「一ヶ月もですか……時間がもったいないですねぇ」

しょぼんと眉尻を下げるロダン。しかしすぐに何かを思いついたようで、私たちに一礼した。

「大変申し訳ございませんが、午後は自習をしていただき、その間私は席を外してもよろしいでしょうか」

「どこかへ行くの？　私は大丈夫だけど、話し合いはどうするの？」

「その件のこともあり、先先代をお迎えしようかと思いまして」

「えっ、お爺様をこちらに？」

向かいで兄さんが椅子から飛び上がった。ちょっと嫌そうな顔をしている。

「はい。元々近いうちにお迎えに行こうとは思っていたのです。先先代も元領主ですから、ご主人様の勉強のためにもよろしいかと思いまして。ちょうど領にとっての一大事でもありますし。お話し合いは明日にいたしましょう。では本日はそのように」

兄さんの返事を聞く前に、ロダンの中で午後の予定が決定したようだ。

「じゃあ、私はシャボンの具体的な案を書き出しておくわ」

「ええ、よろしくお願いいたします」

「は〜、また絞られる……」

ロダンは私たちの食器を片付けると、ウキウキとお爺様の住む別宅へ出発した。

肩を落としていた兄さんは、「執務室で領の歴史を勉強する」と言って、なぜか裏庭へ出て行った。ふふふ、これから来たるストレスに対応するべく、素振りでもするのかな？

さて、私はロダンに言った通り、シャボンの具体案を書き出すことにした。

まずは前世の知識を思い出してみよう。石鹸《せっけん》の作り方ってどうだったっけ……？

シャボンの中身はサクサクしていて、割ったシャボン同士をこすり合わせると泡立つ。紙石鹸《せっけん》の泡立つ版に近いのかな？

これを固めるとなると、前世の石鹸《せっけん》の作り方とは違ってくるよね……う〜ん、どうしようかな。

前世の固める物といえば、蝋燭《ろうそく》やチーズ、バター、ゼラチンなど。これで石鹸って作れるのか？

あとはどんな香りにするのかも考えなくちゃ。

ベタにいけばハーブ系とかお花。でも花のエキスってどうやって抽出するんだ？　そもそもこの世界にハーブみたいな香りのいい葉っぱってあるのかな？

部屋に閉じこもって考えていても仕方ないと、私はうんうん考えながら城内を歩き回る。自然とロック爺のもとへ足が動いていたみたいで、馬小屋へたどり着いた。

ロック爺は馬のブラッシングをしていた。もうすぐ終わりそうだ。

「ロック爺！　そろそろ手は空くかしら？」

「はい。もう少しだけお待ちください。道具を片付けてきます」

私は裏庭へ向かい、庭の草花を観察しながらロック爺を待つ。

そういえば庭をきちんと見たことがなかったわね。

しゃがみ込んで葉っぱの香りを嗅いでみたり、裏返して見てみたり。花もたくさんあるのね。と、小さな白い花を観察していたとき、ロック爺が裏庭へやってきた。

「お待たせしました。いかがされましたでしょうか？」

「あのね、野生の草でもいいから、香りのいい葉っぱを教えてほしいの」

「香りのいい葉っぱ……ですか？」

う～ん、とロック爺は目を閉じて顎《あご》に手をやり、考え始める。

しばらくして目を開けると、庭の端のほうを指さした。

「お嬢様の好きな香りかどうかはわかりませんが、良い香りの植物はいくつかあります。この庭なら……ちょうどあの辺りにある紫の花です」

「あっ、ラベンダーね！」

「そうです、ラベンです」

若干名前が違うようだが、遠目で見る限り、見た目は前世と同じ。

「野生のものであれば、西の森に行く道すがらによく生えているミトンや、料理に使うカモミとかローズマリでしょうか」

「それって私でも採《と》りに行けるかしら？　すぐ必要なの」

「明日でよろしければ、いくつか採取しておきますが」

「お願いしてもいいかしら？　片手に乗るぐらいの量で大丈夫よ」

「わかりました」

ロック爺は怪訝《けげん》そうにしながらも、頷いてくれた。

よし、ハーブゲット！　今のところかなり順調じゃない？

ふふ～んと鼻歌を歌いながら自室へ戻る途中、兄さんと執務室の前ですれ違った。

「あれ～、執務室にいたんじゃなかったの？」

わかっているけどわざとほくそ笑みながら言ってみる。私の表情を見て、兄さんはバツが悪そうに剣を触り始めた。誤魔化《ごまか》すときの癖なのかな？

「あ～。ちょっとな。頭をスッキリさせたくて……って何だよ～、顔が緩んでるぞ」

「何でもない！　私のほうは順調よ～、兄さんも頑張ってね～！」

「そんなに上手くいきそうなのか？　俺にもできることがあれば手伝うからな」

「うん。ありがとう！」

兄さんは頭をかいていたが、今度はちゃんと執務室へ入っていった。

部屋に戻ると、さぁ次の問題だ、と頭をひねらせ始める。

ハーブは見つけたから、次はそれをどうやって石鹸《せっけん》に混ぜ込むか、よね。

花のエキスは香水を作る要領で抽出するんだけど、やり方がわからないし、機材もないので無理か。

あっ、乾燥させて粉末にすれば、香り出そうじゃん！

他にも方法はありそうだけど、これが一番楽そうじゃない？

そして残るは、固める方法なんだけど……何も思いつかない……

「ひらめきよ、来いっ!!」

両手を天に掲げてみるが、中々思いつきはやってこない。

そりゃそうか、とすぐに諦めて、思いつきの種を探すべく私は厨房へ行ってみることにした。


「ジャック、ちょっと見学させてもらえないかしら？」

私は城の端にある厨房へやってきた。

おやっ、と言ってこちらを向いたのはジャック。ひょろ長い高身長の男性で、この城の料理長でもある……と言っても、我が家の料理人はジャックだけだけど。

「どうされました？　つまみ食いですか？」

「違うわよ。ちょっと探し物」

「厨房で探し物……ですか？」

何をしでかす気だ？　とジャックの顔に書いてあるような気がする。

「液体を固める物を探してるのよ。ちょっと色々あってね」

「液体を固めるものですか……今は作業中ですので、少しお待ちいただけましたらお手伝いいたしましょう」

「じゃあ、邪魔にならないようにその辺を見て回るわね」

「はいはい。火には近づかないでくださいよ」

ジャックが仕事をしている間に「何かないかな～」と辺りの棚を覗《のぞ》き込む。

しかし、色々見て回ったものの何も思いつかないので、大人しくジャックを待つことにした。

十五分ほど経ったのち、ジャックは一仕事を終えて私のもとにやってきた。

「お待たせしました、お嬢様。それで……何をお探しでしたんですっけ」

「あのね、液体を固めるものを探してるの。肌に優しいものがいいから、植物や果実なんかで何かないかと思って。あとはカチカチにならなくて、匂いが少ないやつ」

「中々、条件が多いですね。そうだな……」

ジャックは考え込みながら厨房を見回す。

「料理に使うものですが、ソースをトロトロにするカタクリか……あとはゼラチンでしょうか。でも、ゼラチンは固めると言っても柔らかいですがね」

そうだよね、それくらいだよね～……。ジャックもピンときてないのか「う～ん」と悩んでいる。

「何となくわかったわ。料理の材料以外だと何かあるかしら？」

「うーん……あっ！　南部地域の果実になりますが、ヤシシの実という果実の内皮《ないひ》の油脂がありま
す。デザートでたまに使用するのですが、加熱するとすぐに溶けて、火から離して放っておくと固
まります」

ジャックは晴れやかな笑顔になる。さも「これだ！」って言いたげで自信満々だ。

それにしても南部の実かぁ。たぶん、ヤシシの実ってヤシの実のことだよね。

「じゃあ、ヤシシの油とゼラチンを少し分けてもらえないかしら」

「ゼラチンはストックがあるので、小瓶でひと瓶ぐらいならこのままどうぞ。ヤシシ油は量が足り
ないので明日になります」

ジャックは任せろとばかりに拳で自身の胸を叩く。

「えっ……ヤシシの実って南部地域の果実なのよね？　そんなすぐに調達できるの？」

「ええ、朝一番に仕入れに行きますからそのときにいくらでも。ヤシシ油はどこの領でも流通して
いますよ。料理に使うものですから」

びっくりしている私に、ジャックは「ははは」と笑いながら教えてくれた。そんなに流通してい
るならレアものじゃないし、たくさん使ってもコストは大丈夫かな？

「ちなみに、おいくら？」

「一個二百D《ディナ》です」

前世の円と同じくらいなので、つまりはヤシシの実一つで二百円！　安っ！

ヤシシ油とゼラチンをゲットしてウッキウキな私は、早速兄さんやロダンへ報告しようと厨房を

出て食堂へ向かった。

「お～、久しぶりじゃの～。ひと月ぶりか？」

食堂にはお爺様がすでに到着していた。仕事が早いな、ロダン。

しかも、部屋の隅にある机には、私が天日干ししていた長ウリが置いてある。

「お爺様、お久しぶりでございます。腰のお加減は大丈夫でしょうか？」

「お～お～、すっかり良くなったわい。それよりも、ロダンから面白いことを聞いたぞ？」

「いいえ、ただ思いついたことを口にしただけですので」

あはは、早速この話になるのね……とりあえず、ふふふ、ほほほ、と誤魔化《ごまか》そうとする。

「早速じゃが、カイがそろえばお前の口から今一度思いつきの話が聞きたい」

だけど、すぐにお爺様にそう言われてしまい、私は頷く。

と、ちょうどそのタイミングで兄さんが食堂へ到着した。

「お、お爺様……お早いですね」

びっくりしたようで、兄さんは額に汗を浮かべている。いや、顔に出すぎじゃない？

「開口一番『早い』とは何じゃ！　まずは、ようこそおいでくださいました、じゃろ！」

「す、すみません！　お爺様、よ、ようこそ、おいでくださいました」

兄さんは早速お小言一号をもらい、たじろぎながら言い直している。

その横ではロダンがニコニコとその様子を観察していた。

少しして「そろそろ夕食をお持ちいたしますので、その辺りで」と兄さんに助け舟を出してくれた。

それにしても、お爺様がこの話に参加するとなると、今までみたいな軽いノリでは進められないよね……

そう考え込みながら夕食を待っていると、ふいに兄さんがお爺様に聞いた。

「お爺様は、いつお戻りになられますか？」

「何じゃ、今来たばかりなのに、もう帰ってほしいのか！　ここはわしの家でもあるんじゃが？」

「ははは、そうですよね〜」

なんとも空気を読めない質問だった。兄さんはしどろもどろだ。

結局、夕食はお爺様のお小言がＢＧＭの素敵な晩餐《ばんさん》になった。

兄さんは右から左に聞き流していたけど、どうしてさっきその技を発動しなかったの！

無事に夕食を終えた私たちは、ソファに場所を移動し、食後の紅茶を楽しんでいる。ふう、と一息ついていたら、お爺様がカップをソーサーに置き、口を開いた。

「で、ジェシーや。わしにジェシーの発明について説明してくれんか」

「はい。ですが本当にただの思いつきですよ？」

「それでも構わん」

お爺様に言われ、私は前置きをしてから領民登録のことや長ウリ、シャボンのことを説明した。

とはいえ、お爺様はそもそも長ウリを知らないご様子。

「そもそもとして、長ウリとはなんじゃ？」

「こちらになります」

ロダンがさっとお爺様に長ウリを手渡す。このためにさっき机の上に置いてあったのね。

「こちらは、西の森の入り口にてお嬢様が持ち帰ったものになります」

「ほほー、これが長ウリか。そういえば昔、馬小屋で見たことがあるのう」

お爺様が若い頃に、日持ちがするからと、馬の餌として与えていたことがあったらしい。ただ、味がしないせいで、馬もあまり食べなかったとも。

「へ～、これが馬の餌ねえ」

「へ～じゃない。これが金の卵になるやもしれんのに。もちろん次期領主として、この長ウリの性質や特性やらを調べてあるんだろうな？」

のほほんとする兄さんだったが、意外にもお爺様の突発的な質問に「えっへん」と答え始めた。

「この長ウリは、春の終わりから秋の始まりの間、日がよく当たる暖かい場所に生育します。他領への道がある西の森にのみ生息しますが、日差しの具合で我が領側の入り口にのみ育つようです」

「ふむ……それで？」

「あとは……長ウリは野生の小動物が水分補給のために食べるだけで、自領にも他領にも食用では出回っておりません。そもそも長ウリを知っているのは学者ぐらいじゃないでしょうか」

お爺様の圧をものともせず、兄さんはスラスラと答える。

剣の素振りのあとに、ちゃんと執務室の文献で調べていたんだね！

「へ～、兄さん、ちゃんと調べてたんだ。すご～い」

「ばか、これぐらい俺でもできるよ」

兄さんは照れ笑いを浮かべる。

しかし和《なご》やかムードの兄妹に、ロダンが珍しくも口を挟んできた。

「では、長ウリ自体があまり知られていないということなんですね？」

「おっ、ロダンが乗り気じゃなぁ」

「ええ、『柔らかいたわしん』というものを早く見てみたいのです。クライス様。お手を煩《わずら》わせてしまい申し訳ございませんが、風魔法をお願いしたいのですが」

ロダンはお爺様に深々と頭を下げる。

お爺様はなぜ風魔法が必要なのかわからないようで、怪訝《けげん》な表情を浮かべる。

ピ～ン！　と私はロダンの意図がわかったので、せっかちね～、と思いつつフォローした。

「天日干しだと一ヶ月かかるから、お爺様の風魔法で早く乾燥させたいのね」

だからロダンは急いでお爺様を呼び寄せたんだ。

ナイス、ロダン！　でも私も一ヶ月は待てない！

「お爺様、私からもお願いしますわ。一ヶ月待って違うものでした、じゃ時間が無駄だもの」

ダメ押しとして『必殺・孫からの上目遣い』を発動し、「ダメ？」と伺う。

お爺様は少し悩んでいた様子だったが、頷いてくれた。

「よし、わかった。わしも気になるし、やってみるか」

やった〜！　早速、現物が手に入る！

やっとチートっぽくなってきた〜!!


翌朝。私たちは長ウリを乾燥させるべく、テラスに集合していた。

「よし、やってみるかの」

お爺様は長ウリを手に持って目を瞑る。長ウリの周囲で風が巻き起こり、十秒ほどで緑色だった長ウリはベージュ色のカラカラなものに変化した。

やった〜、成功！　私は上機嫌に両手を胸の前で組んで飛び跳ねる。しかしお爺様はカラカラの長ウリにしっくりこないのか、やりきった感がないのか、首を傾けている。

「大成功です！　あとはこれを掌くらいの大きさに切って、完成です！」

「え？　それだけ？」

兄さんは拍子抜けしたように眉尻を下げている。

ひとまずカラカラになった長ウリを小さく分けて、みんなで触ってみることにした。

「おー、本当に柔らかいの」

「これを肌に当てても痛くありませんね。たわしんとは比較できないくらい柔らかいです」

「水に浸けると、もっと柔らかくなると思うの」

ロダンは執拗にカラカラ長ウリで手を擦っていたが、私の一言で、ダッシュで水を取りに行ってしまった。……よほど気に入ったんだね。

「でもこれ、すごいな。これで食器や服も洗うんだろ？　シャボンだけじゃなく、単体でも売れるんじゃないか？」

「そうじゃな。価格設定が微妙じゃが、ま～原価はタダだしの。いやはや、よくぞ発見した！　日頃からよく勉強をしていたんじゃな。うんうん」

お爺様は、私の前世知識を何かの文献からの知識だと勘違いしてくれた。助かった、ふ～。

「えっと……前に見た植物図鑑を思い出しまして……おほほほほ」

「よし、じゃあ、これの量産体制の確認、価格の設定、名称とか色々決めなきゃいけないし、一旦中へ戻りましょうか」

ほくほく顔で兄さんは足早に城内に入ろうとしたが、お爺様に止められた。

「まだこれを水に浸していないじゃろ」

「このままでも、俺は大丈夫ですが？」

「それはお前の肌が頑丈なだけだ、馬鹿もん」

は～やれやれと、お爺様がため息をつく。

と、そのタイミングでロダンが水を持ってきたので、みんなで浸してみる。

「お～、コレは貴族の女性の肌にも使えそうですね。とても柔らかいです」

ロダンが目を瞠《みは》りながら褒めてくれたので「でしょ～」と思わずドヤ顔をしてしまった。しまった、さも最初からわかっていた風に言ってしまった！

でも、みんな長ウリの柔らかさに釘付けで聞こえていなかったようなので、セーフ！

というか、こんなに早く乾燥するなら、他にも頼みたいものがあるんだけど！

「お爺様、まだ風魔法は使えますか？」

「使えるが……あといくつカラカラの長ウリが欲しいんじゃ？」

「あ、いえ長ウリではなく、シャボンの加工品の材料で乾燥させたいものがあるんです」

「シャボンの加工品？」とお爺様は首を捻る。

あっ、ロダン、シャボンについてはお爺様に話してなかったのか。

「失礼しました。実は長ウリだけでなくシャボンの加工品も思いついていましたの。そしてその加工品の材料で、いくつか考えておりまして」

「何と、もう見つけたのですか！」

話がわかっているロダンは、嬉しいのかワクワクが顔に出まくりである。

たしかシャボンの加工品に混ぜ込むハーブについては、ロック爺にお願いしていたんだけど、あれってどうなったんだろ……。私は庭のほうをキョロキョロと見渡した。

「ロック爺に色々とお願いしていたのだけれど……」

「父にですか？」

ロダンは嬉しげな表情から一転、困惑気味だ。

「ええ、良い香りのものを探していて、ロック爺に相談したの。そしたら採《と》ってきてくれると言うものだから」

「わかりました。父を探してきます」

私の言葉を最後まで聞かず、またもやロダンは風のように去った。どんだけ時間が惜しいんだよ。

そんなロダンの背を見送りながら、お爺様が私に問いかけた。

「シャボンというと身体を洗うアレかの？　アレに香りをつけるってことかのう？」

「はい。手や身体を洗うだけで良い香りになったら、香水がいらなくなるかもしれないですね」

「ほっほっほっ、香水か。ジェシーもそんなことを気にする年になったかのう」

お爺様は私の頭をグリグリ撫《な》でる。

うちの男どもはグリグリが好きなのか？　髪型が崩れるから嫌なんだけど……

「俺は甘ったるい匂いは勘弁してほしいから、ナシでいいけどな」

「でも王城勤めの優男《やさおとこ》には需要がありそうじゃがな」

ロダンを待っている間、香りについての談義が始まった。

「肌用や食器用、服用みたいに、用途別で香りのシャボンの加工品を作ればいいんじゃないか？」

兄さんにしてはいいアイデアが出た。

「それはいいわね。あとは貴族用と平民用の香りに分けたほうがいいかしら？」

「貴族用と平民用？」

良いアイデアを出してドヤ顔をしていた兄さんだったが、すぐにしゅんとしてしまった。

「貴族用の場合、お花の香りにするの。高級感とか特別感を出して平民用と差別化しないと」

「良い考えじゃが、それは追い追いかのう。まずはその草で良い香りが出るのかじゃな」

ふむふむ、と頭の中にメモをしていると、息を荒らげたロダンが戻ってきた。その後ろにはハァハァと肩を大きく上下させるロック爺。老体に鞭打たせて、ごめん。

「お待たせしました、お嬢様。採《と》りに出たばかりだったので、二種類しかありませんが……」

「ありがとうロック爺。急がせてしまって、ごめんなさい。さて。まずは本当に良い香りが出るか試してみましょ！」

ロック爺が採《と》ってきたのはミトンとローズマリ。私が受け取りそれをお爺様に手渡すと、長ウリのときと同じようにお爺様は両手に持ち目を瞑った。

お爺様の手から風が舞う。

「あっ。ロダン悪いのだけど、お爺様の手の下にお盆かお皿を用意して。急いで！」

私の忠告を聞いて、ロダンは空いているお皿をさっと滑らせる。

乾燥が終わると想像通り、葉っぱはボロボロになった。

「ボロボロだな」

「ボロボロじゃな」

「ボロボロですね……」

枯れた草を見て、一同ちょっとがっかり気味。

「まだ終わりじゃないの。次はこのボロボロの草を粉末にします！」

と言ったものの、粉末にする方法を考えていなかった。

「ここで相談なんですが、どうやったら粉末になると思います？」

私は眉尻を下げながら、みんなに丸投げする。乾燥のことしか考えてなかったよ。

ふーむ、とお爺様と兄さんは考えてはいるんだろうけど、唸るだけ唸ってフリーズしている。

「というか、なぜ粉末にする必要があるんじゃ？　このまま入れてもいいじゃろ」

「そうだよ。いっそ乾燥させないで、生のまま入れたほうが良い香りがしそうじゃないか？」

兄さんは胸を張っているが、話が脱線してしまっている。

私は首を横に振る。

「ううん、粉末状というか、目に見えないぐらい細かくしたい理由があるんです」

「乾燥させることで草が腐るのを防ぎたいんです。そして粉末状にする理由ですが、これはシャボンの加工品の中に混ぜ込むものなのですが、肌や食器や服が擦れて傷ができたり、痛んだりするのを防ぐため、です」

よく考えておるんじゃな〜、とお爺様は感心している。

「えっへん」と胸を張って自慢げにしていると、隣で思案していたロダンがひらめいたとばかりに、ポンと手を打った。

「たしか農村部には、収穫した小麦を粉にする機械があります。ただこちらは量が少ないので、すり粉木《こぎ》を使ってもいいでしょう。早速持ってまいりますね」

そう言うだけ言って、またもロダンは風のように消えた。

と思ったら、今度はすり粉木《こぎ》とすり鉢を持ってすぐに帰ってきた。早い……！

「お待たせしました。すり粉木《こぎ》で粉砕する作業は私がやりましょう」

ロダンは私たちを横目に、ミトンをすり鉢に入れて、ゴリゴリと粉砕する。すると、ふんわりと爽やかな香りが辺りに広がって、何だかホッとした気分になる。

「いい香りだね。俺、これぐらいの香りなら好きかも」

「微《かす》かに香っておるな。おそらく、生の草だったときよりも香りが薄くなっているのかの？」

「ええ。生よりも半分くらいになっているでしょうか」

お爺様は実際に手に取って魔法をかけたから、香りの差がわかるのだろう。

実際にミトンを持ってきてくれたロック爺もお爺様に賛同している。

「香水と重ね付けしたらキツくなりますし、ちょっと香るぐらいがいいんじゃないかなって」

「そうじゃな。それに、香水とは別物として売る必要があるからのう」

「なんで？　香水と同じように貴族に売ればいいじゃん」

葉の粉末の香りを嗅ぎながら、兄さんがお爺様に問う。

お爺様は怒るでもなく、次期領主の兄さんを諭《さと》し始めた。

「貴族間の商売は難しいんじゃ。特に香水は他領の特産品としてすでにあるし、伝統が堅く守られたものもあるからのう」

「ふ～ん……」

「ポッと出の商品がすぐに香水を凌駕《りょうが》してしまっては、この領が潰されてしまうんじゃ。領政では自領だけでなく、他領とのことも考えて進めんといかんのじゃ」

兄さんは「なるほど……」と頷いている。

そんな兄さんの隣で、ローズマリもゴリゴリし終わったロダンは満面の笑みだ。

「ではお嬢様、こちらも成功ということでよろしいでしょうか？」

「そうね。他の材料も無事に揃いそうだから、あとはシャボンの加工品を試作してみるわ。葉の粉末は香ったけど、実際にシャボンに入れて香りが付くかどうかも確認しなきゃ」

「シャボンの問題はジェシーに任せるとして、この後は城に戻って長ウリの話を詰めていこう」

お爺様が私に同意を求めてきたので、うん、と一つ頷く。

兄さんも頷いてくれて、特にロダンは満面の笑みで同意してくれた。

「では、私は他の香りがするものを、探して集めておきます」

「ありがとう、お願いね」

ロック爺が提案してくれた他のハーブのことを忘れていたよ。

私はテラスを出て庭へ向かうロック爺にお礼を言って、兄さんたちと一緒に城内のサロンへと向かった。


お昼まで二時間ほどあったこともあり、昼食前に長ウリ会議が始まった。その後昼食を挟み、午後も長ウリ会議をして、夕方にようやく今後の方針やおおよその話がまとまった。

長時間の会議の後でもホクホク顔のロダンは、その表情のままお爺様に進言した。

「クライス様、中継ぎで構いませんので臨時の領主になっていただけませんでしょうか？」

「ん？　中継ぎとな？」

「はい。私から申し上げるのは恐縮ではございますが、今後の領のことを考えると、領主は成人したばかりの青年よりも、クライス様のような貫禄のある方のほうがよろしいのではないかと」

ふむ、とお爺様は一瞬悩む姿勢を見せるが、すぐに返答した。

「わしもそれは考えておった。正直、この長ウリやシャボンの加工品が成功すれば、我が領の特産品になるのは目に見えておる。そうなると他領に舐められんように、牽制も兼ねてわしが代表になったほうが、出だしで躓《つまず》かんでええかのう」

「どうじゃ？」と、お爺様にロダン、そして私の視線が兄さんへ向かう。兄さんは顔を俯《うつむ》けていたが、少しして勢い良く顔を上げた。

「俺はあと一年、騎士学校へ行きたいです。でも騎士になりたいというわけではなく、次期領主になる覚悟は持っています」

兄さんは少しの沈黙ののち、お爺様に一礼した。

「しかし、判断はお爺様にお任せします」

「あいわかった。ではわしが中継ぎとして、そうじゃなあ……十年ほど領主に返り咲こう。あやつらが生きておれば、代替わりはそのぐらいの時期だったじゃろうて。カイもまだまだ青春したいだろうしな。わはははっ」

お爺様は「腰が持つかの～」なんて言いながら顔を上げた兄さんの頭をグリグリしている。兄さんは笑いながらも、ちょっと泣いていた。

十七才で領主になるなんて、両親の死を乗り越えて間もない兄さんには、肩の荷が重すぎたのかもしれないね。この間まで学生だったんだし、精神的にもまだまだ発展途上だよね。

良かった良かった、と私もなんだか嬉しくなった。

「それじゃあ早速、領主の初仕事じゃ」

そして、みんなが和《なご》やかムードの中、お爺様がカラカラ長ウリの正式名称を決めた。

みんなからいくつか挙がった名称案の中から選ばれたもの。

——その名も『へちまん』です。

あはは、そうです、私が出した案です。ネーミングセンスがなくてごめんなさい。

今後のためにも、長ウリと連想されない名前がいいよね、ってなったみたい。

これで領地復興も一歩目を踏み出して、めでたしめでたし、ってとこだね！

……ちょっと待って。お爺様が領主に返り咲きってことは、お爺様は本邸へ戻ってくるってこと？

まずい、兄さんと二人だったので完全に油断していた。私のダラダラ生活が……

私はお爺様に恐る恐る尋ねてみる。

「お、お爺様。ところで、返り咲くってお話は今日明日の話ではないのですよね？　ほら、手続きとか色々あるでしょうし……」

「善は急げじゃ。明日にでもこちらへ引っ越しするぞ！　細かい荷物や書類は後から送ることになるが、わしは明日からこちらに住む」

お爺様は満面の笑みで大張り切りだ。横で兄さんの顔が引きつっている。

もう、こうなったらあきらめよう。ね、兄さん。

私はそういう思いを乗せて、兄さんの肩に手を置いた。

翌日。兄さんの騎士学校への復学、お爺様の帰城が決定したので、城のみんなは荷造りやら掃除やらで、てんやわんやしている。

いつもはローテーションを組んで仕事をしているメイドたちも、今日に至っては全員来ている。

お爺様も早く引っ越すため、朝日が昇る前に馬車で一時間ほどの別宅へ戻られた。

ただ私自身は特にやることもないので、色々な人の様子を見て回っていた。向かう先は領主の部屋。扉が開いていたので、そこからひょこっと顔を出した。

「兄さん、何か手伝おうか？」

「おう、ありがとう」

兄さんは騎士学校への引っ越しの荷造りの前に、お爺様に部屋を明け渡すために城内でのお引っ越しの準備をしていた。

「でも大丈夫だよ。元々あんまり荷物はないし。てか、もう終わりそうだから」

「そう？　何か助けが必要だったら私は厨房にいるから、いつでも呼んでね」

「了解」

兄さんの手伝いもないとなると、することが本当にない。

仕方なく私は厨房へ向かうことにした。あ、つまみ食いじゃないよ！

厨房ではジャックが忙《せわ》しそうに動いている。さすがに元領主のお爺様が帰ってくるのだから仕方ないか。私は頃合いを見て、ジャックに件《くだん》の調達物について聞こうと声をかけた。

「ジャック、前に頼んだ例のものは手に入った？」

「あっ、お嬢様。もちろん、手に入りましたよ」

手を一旦止めてくれたジャックは、いそいそと厨房の奥へ引っ込んだかと思うと、すぐにバレーボールぐらいの大きさの果実を五つ持ってきた。

「こちらがヤシシの実になります。必要なのが油だけであれば、処理をして後で持っていきますが、いかがいたしましょうか？」

「じゃあ、お願いしようかしら。今日はみんな忙しそうだし、明日の朝でもいいわよ」

「わかりました」

ジャックは頷いて明日の朝一で届けてくれる約束をして、仕事へ戻っていった。ヤシシの実はこれでＯＫ！

次は、裏庭へゴーだ。

裏庭に着いたものの、そこには誰もいない。あれ？　いつもここにいるのに……

私はお爺様がいないことをいいことに、お嬢様らしからぬ大声をあげた。

「ロック爺？　ど～こ～？」

「ここです－！」

馬小屋のほうからロック爺の声がしたので、そちらへと足を向ける。

ロック爺は馬小屋を掃除していた。お爺様の帰城に合わせて馬が増えるから、らしい。

「お仕事の邪魔しちゃってごめんなさい。昨日言った他の香りの葉っぱなんだけど……」

「はいはい、用意できていますよ」

ロック爺は馬小屋掃除の手を止め一旦その場から離れると、すぐに両腕で抱えられるぐらいの大きな籠《かご》を持って戻ってきて、近くにあった小さなテーブルの上に順番に中身を並べ始めた。

「今朝採《と》ってきましたよ。ミトンにローズマリ、そしてカモミ、レンモバム」

ミトンとローズマリは昨日見たのでわかるが、他のやつは初めて見る……ふむふむ。

「こちらが、キリリの木の皮です」

キリリの樹皮を手に持って嗅いでみる。お～、前世の桐《きり》の匂いがする。

いい香り～！　安らぐねぇ。

「こんなにたくさん採《と》ってくれて、ありがとう」

私はじっくり見たいので、ロック爺にお礼を言い籠《かご》を持って、テラスに移動した。

テラスの机に葉っぱを並べて、再び観察する。

レンモバムは爽やかな香りで、前世のレモンの匂いがする。不思議な草～。カモミはカモミールね。

キリリは、前世の某国でお風呂のときによく嗅いだ温泉の素とか、和室のタンスの香りね。までいい匂い、というか懐かしい。

私はほわ～んと前世に想いを馳《は》せる。よく温泉旅行したな～……

「明日お爺様が帰ってきたら、乾燥してもらおっと」

さて、平民用の次は、貴族用の香りを探さないとですよ。

私はテラスの椅子の周りをグルグル回る。

うーん、貴族用って言ったって花しか思いつかん。でも、香水と香りが似ちゃうからダメなんだよね。違う香りで貴族っぽい上品な香り……花から一度離れないと。むう……

「あっ！　フルーツだ!!」

レンモバムの葉っぱをじっと見つめていたら思いついて、思わず嬉しくなる。

なんで今まで思いつかなかったんだよ～、私！

それでは早速、と前世で香りの良かったフルーツを思い出してみよう。

さっぱりとした香りはグレープフルーツ。甘～い香りは苺かな。

万人受けしそうなのはレモンだけど、平民向けと被っちゃうし、ライムとかかな？

そもそも前世と同じようなフルーツって、この世界にもあるんだろうか。まあ、草にも同じようなのが存在するし大丈夫かな。

もうこれは異世界あるあるに頼るしかない。私は一縷《いちる》の望みを胸に、またもや厨房へ足を運んだ。

厨房で先ほども出会ったジャックに声をかける。

「ジャック！　忙しいのに何度もごめんね、今いいかしら？」

「あれ～、小腹でも空きましたか？　もうすぐお昼ですから、もう少しお待ちくださいね～」

忙《せわ》しく食材の下拵《したごしら》えをしていたジャックは、顔を出した私にニヤッと笑って答える。ジャックの中で、私は食いしん坊キャラなのか？

「違うの。今度は果物について話がしたくて」

「果物、ですか？」

「そう。一昨日《おととい》の続きなんだけれど、香りのいい果実を探しているの」

ジャックは『香り』に反応したのか、ピタッと手を止めてくれた。

「ほぉ、次は香りですか。そうしましたら、ここには今はアズンがありますよ」

得意分野だからなのか、自信ありげに差し出したのは薄オレンジ色の丸いフルーツだった。

クンクン。あ～、アズンって杏《あんず》のことなのね。

「甘い香りね。う～ん……他はない？」

「他ですか……」

ジャックは辺りを見回すが思い当たるものがないようで、首をふるふると横に振った。

「普段、果実はデザート用にしか仕入れないので、今はアズンしかありません。明日でよければ、市場で色々と仕入れてきますが、どうでしょう？」

「いいの？　できれば二、三種類欲しいの。甘い香りばかりじゃなくて、他の系統のも！」

「これも条件があるのですね。わかりました」

「あっ、あと安いほうが助かるわ」

「ははは。了解です」

ジャックは笑顔で引き受けてくれた。まじでありがとうジャック。

「あ～、早く明日にならないかな～」

スキップしながら部屋に戻る道すがら、エントランスにお爺様が到着された。

私が頭をぺこりと下げると、お爺様は嬉しそうに破顔した。

「お、お帰りなさいませ。お爺様」

「お～、わざわざ出迎えてくれたのか！」

「ええ、ふふふ」

たまたま通りかかっただけなんだけどね。勘違いしてくれているから、乗っかっちゃえ。

「そういえば、カイの引っ越しは済んだのかの？」

「荷物が少ないと言ってましたから、おそらくもう終わっている頃合いかと」

「そうかそうか、にしても、懐かしいのう……」

と、お爺様はニコニコしながら領主の部屋へと向かった。ロダンなどの使用人は裏口から入ってきているようだ。自室に向かう途中、新しい五人の使用人が荷物を抱えているのが見えた。

本当にお爺様が帰ってきたのね……いや、嬉しいんだけど……今までのように部屋でまったりできるのかな。

実は、私たち兄妹は今までお爺様とは一緒に暮らしたことがない。

私の両親が結婚した後は、今は亡きお婆様と一緒に、城から馬車で一時間の距離にある別宅に住んでいた。そのときはまだ領主は引退されていなかったが、新婚夫婦のイチャイチャを見たくなかったようだ。

そんな一抹の不安を抱えながらも、昼食を終えてサロンでくつろいでいたとき、お爺様が別宅から連れてきた新しい使用人を紹介した。

「カイ、ジェシー、今日から城にこの五人が増える。顔を覚えるように」

お爺様は、ずらりと整列した使用人たちに視線をやった。

「一番左端、あれは別宅で執事をしていたミランだ。ロダンの弟になる。四十一歳じゃ。ここではロダンの下に付き、執事補佐をしてもらう」

「よろしくお願いいたします」

深々とお辞儀をしたのは、ロダンが一回りほど若返ったような男の人だった。いやでも、目の色と髪の色が違う。髪色が違うのは、ロダンに白髪が生えているからかもしれないけど。

まずは兄さんが、サロンのソファに座ったまま、挨拶を返す。

「よろしく。俺はカイデール・ロンテーヌ。十七歳だ」

「妹のジェシカ・ロンテーヌよ。十四歳よ」

お爺様がミランの年齢を言ったせいか、なぜか二人とも続いてしまった。ちょっと恥ずかしい。

そんな私たちを微笑ましげに見ていたミランは、一歩前に出て他の四人を手で指した。

「私の横から、侍者のダン、三十二歳。雑用係のハンク、十八歳。料理人のミラー、二十五歳。最後に侍女のケイト、三十三歳となります。なお、使用人に挨拶は不要ですので」

紹介が終わると、五人は一斉に頭を下げた。

「よし、では、本邸の使用人もついでに紹介しようかの」

紹介するときに年齢を一緒に言ったのが面白かったのか、お爺様は本宅の使用人を紹介したがった。そんなお爺様の意向を汲んだのか、ロダンは一礼してみんなを速攻で集めてきた。

新しくやってきた使用人に対面する形で、ずらっとみんなが並んだ。

「では、こちらは私が紹介いたしましょう。私はロダン。本邸の執事で、五十一歳です」

えっ、ロダンってそんな歳なの⁉　思わぬ発見。思わず目を瞠《みは》った私の横で、兄さんもびっくりしている。

「次に、庭師兼馬丁《ばてい》のロック、七十歳」

もうそんなになるのか～、とお爺様は髭《ひげ》を触りながらのほほんと呟いている。

「料理人のジャック、二十九歳。こちらの三人がメイドのローザ、四十五歳。ハンナ、二十歳。サラ、十八歳。ちなみにハンナとハンクは姉弟になります」

ロダンが補足し終わると、こちらの使用人も同時に一礼した。

「あと、使用人を含め一同がこうして同席することが今後はないと思いますので、ご主人様にはもうしばらくお許しいただければと思います。使用人の詳細をぼっちゃま方へ紹介してもよろしいでしょうか？」

ロダンがお爺様に伺うと、お爺様は「良い良い」と手を挙げて促した。

「では。ロックは私とミランの父にあたり、オレゴン前男爵です。また以前、本邸に妻のミシェルが侍女としておりましたが、先日の事故で先代様と共に天へ召されました。そして、息子のロッシーニは十六歳。現在学生で王都の学生寮におります」

ロダンの家族構成は面白いな。というか、ロダンが今はオレゴン男爵なのかな？

「次に、私共オレゴン男爵家以外の使用人は全てロンテーヌ領の領民です。今後、多少の増員や異動もございますが、ロンテーヌ家の皆様には支障がないように配置をいたします」

つまり平民が働いている、ということか。公爵家のお屋敷だけど、平民が多いのはたぶんウチだけだろうね。田舎だからなのか、貧乏だからか……

そんなことを考えていると、ロダンの合図でロダン以外の使用人がサロンから退出した。

『へ～』が七割と、『うそっ！』が三割の顔合わせで、なんだかドッと疲れたよ。

しかしお爺様は休みをくれるわけでもなく、私たちに話しかけた。

「これからは、わしが領主になる。カイは学校へ戻るまでわしの下で次期領主として勉強をするように。学校へ戻るんじゃから、これからは鍛錬《たんれん》にも時間を割け。最近、たるんどるようじゃしな」

つまりは詰め込みの教育は一旦止め、ということね。

となると、私はどうなっちゃうのかしら。領の勉強はおしまい？　そんなのは嫌！

「お爺様、私は今後も兄さんと共に学びたいし、視察を続けたいのですが……？」

「ダメ？」と上目遣いで聞いてみる。単純だけどこの仕草は外したことがない。

しかしお爺様はうーむ、と眉根を寄せた。あれ、効いてない？

「ジェシーの発想や着眼点は大したものじゃが、女子が領政に関わるのは慣例的になぁ……」

「お爺様、俺からもお願いします。今回の新しい特産品はジェシーの手柄です。領内にいるとき限定ということで、目を瞑ってはいただけませんか？」

兄さん、ナイス！　ここ一番のナイスじゃん！

「おいおいどうしたんじゃ。お主らそんなに仲が良かったかの？　しかしの～」

「お爺様……お願いします……」

兄さんのアシストの横で、ウルウル上目遣い攻撃をさらに続ける。ぐぬぬ、というお爺様の表情からすると、あと一押し！

それが功を奏したのか、お爺様は手をひらひらと掲げ、ため息をついた。

「え～い、わかったわい！　領内にいるときかつ家族しかいないときのみ、ジェシーの領政への参加を許可する！」

「ありがとうございます、お爺様！　私、これからも領のために頑張ります！　お爺様大好き！」

私は思わずお爺様に抱きつく。デレデレのお爺様はそんな私を撫《な》でながら、今後の話をし始めた。

「それはそうと代替わりの手続きじゃが、来月の初めに……と言ってもあと五日ほどじゃが、王都へ行ってやろうと思う」

「え、王都!?」

何その素敵ワード！　いいないいな！

「学校の復学手続きがあるじゃろし、カイはわしと一緒に行くんじゃぞ」

「お爺様、私は!?」

「ジェシーは留守番じゃ。ジェシーも来年から学校が始まるからの、留守番している間にケイトに最低限のマナーを教えてもらうように。まぁ、いくらか義娘《むすめ》が教えていたようじゃし、ジェシーは頭がいいから、おさらい程度にやればいいぞ」

お爺様の中でいつの間に私、頭いいキャラになってるの？　おさらいって……できるのかな？

「あっ、そうだ！　王都へ行くならお願いがあるの！」

「ん、お願い？」

私はまた思いついたものがあったので、兄さんに話を振ってみる。

「王都のお店で、歯を綺麗にするものがないか探してきてほしいの」

「歯を綺麗にするもの？　普通、手ぬぐいを指に巻いて歯を擦って綺麗にするよな？　その専用の布ってことか？」

「ううん、それ以外に専用の道具があるかどうか調べてほしいの。なければそれでいいし。時間がなければ兄さんの友人に聞いてくれない？」

兄さんは、わかったようなわからなかったような感じで首を捻っていたが、それでも良いよと言ってくれた。

「ジェシーはまた何か思いついたのか？　お前は、息をするように思いつくのじゃな」

お爺様は私の突然の発言に、ちょっと呆れ気味。

「えへへ。パッと思いついたので。とはいえ、王都の最新事情はここには届きませんし、我が領は貧乏なので貴族の便利な道具や高級品を知らないのです。仮に思いついたとしても、この思いつきがすでに存在するようなら止めようと思って。つまりは下調べのようなものです」

モジモジと言い訳を並べる。怪しまれちゃった……ちょっと思いつきを連発しすぎかな？

「それで、思いつきと歯との関係は？」

「あぁそれは、へちまんを切った余りで歯を磨く道具を作ろうかと思いついたんです。まだ、具体的には――」

思いついてない、と続けようとして、目の前の机に置かれたティースプーンが目に入った。

「例えば、例えばですよ。このスプーンのように細長い棒の先にへちまんを巻きつけるのです。そうすれば、歯を磨くのに毎回布を用意しなくてもいいですし、何より手が汚れません」

私はとっさに利便性も併せて提案してみる。すると、いつの間にかお爺様の背後に忍び寄って立っていたロダンが、ほほ～、と声をあげた。

「お嬢様はへちまんの余った部分も無駄なく使い切り、さらに新しい商品が作れると？　素晴らしい発想です！」

ロダンは盛大な拍手で絶賛中。しかし、お爺様の視線が一瞬鋭くなった。今までのように諸手を挙げて喜んでくれはしない？

「ジェシーは無駄が嫌いなのか？　それとも貧乏ゆえの思考なのか……」

お爺様はブツブツ言いながら、なんだか可哀想な子を見る目で私を一瞥《いちべつ》した。

セーフ、バレてない！　というか、さっきは頭がいいと褒めてくれたのに～……解《げ》せん。

「な、なんせ、今ウチはマイナス五パーセント問題がありますので。無駄なく素材を活かしきることで何かの助けになればと思ったんです。ごめんなさい、考えなしに発言してしまって……」

私はちょっとしおらしくシュンとしてみる。ちらっとお爺様たちの様子を見ると、ロダンは拳を握りしめて、やる気満々の様子だった。

「いいえ、お嬢様！　お嬢様の思いは無駄にいたしません。このロダン、必ずや形にしてみせましょう！」

「そうじゃな。現物を見てからじゃないとわからんが、わしも王都で探りを入れてみようかの」

「そういうことならわかったよ。俺もちゃんと王都で色々調査してみるよ」

お爺様と兄さんも概ね賛同してくれた。「ありがとうございます」と一礼すると、ホッと安堵の息をついた。

トントン拍子に話が進んで、ありがたいね、やれやれ。

その後も話を続け、お爺様たちが王都から帰ってくるまでは、領の視察や勉強は一旦中断ということになった。肝心の兄さんがいないしね。

なので、お爺様たちが王都へ行って用事を済ませて帰ってくるまでの一ヶ月間、私は領で独りになってしまう。使用人のみんなはいるんだけど、家族がいないなんてことは生まれて初めてだ。ちょっとだけ寂しいな。

そして翌日から、お爺様たちはこの間引っ越しを終えたばかりだというのに、今度は忙《せわ》しく王都行きの準備をしている。

ていうか、しょんぼりしている場合じゃない！　私にはすることがあるんだよ。

シャボンの試作品作りに、香りの研究でしょ。ロダンはここに残るので歯ブラシも試作したい。

ふふふ、今朝、ジャックが例のものを持ってきてくれたから、お昼から実験タイムなのである。

そんな計画を立てていたら、昼食のときにお爺様から「手が空いているならカイを手伝ってやれ」と言われてしまった。

「申し訳ございません。やっと材料が揃ったので、午後はシャボンの加工品を試作するんです！」

ワクワクを抑えきれなくて、ちょっと興奮気味に前のめりに返事してしまった。

「あはは、いいよ。お爺様、準備くらい俺一人でできますから。こんなに楽しみにしているジェシーの邪魔をしたら、口聞いてくれなくなります」

「そうか？　カイがそう言うなら」

お爺様もシャボンの加工品自体は気になるのだろう。案外あっさりと許してくれた。

「あとお爺様、もしお時間ができましたらテラスへ来ていただいてもよろしいでしょうか？」

「ん？」

「香りの材料を乾燥させてほしいのです」

「なんじゃ〜。お茶の誘いかと思えば乾燥か……さしずめ乾燥機じゃな。ははは っ、わかった。あとで行こう」

お爺様の了承も得られたので、私はとっとと昼食を終えてテラスへ向かった。

今日はミラーが助手を買って出てくれた。ロダンも参加したがっていたけど、お爺様の準備が最優先だから、今回はお休み。本人はとっても残念そうだったけど。

「お嬢様、本日はよろしくお願いいたします。火の取り扱いは私がしますので」

初めましてのミラーは、ニコリともしないが寡黙な感じがかっこいい。

「よろしくね。今日はシャボンの加工品を試作しようと思っているの」

「シャボンの加工品……ですか？　聞いたことがございませんね」

早速、ミラーの頭の上にはハテナマークが浮かんでいる様子。

「それはそうよ。私が考えたものだもの。想像だけでまだ形にできてないんだけど、今日がその形にするための第一歩よ！　あなたは歴史の瞬間に立ち会っているの！」

腰に手を置いてドヤ顔してみた。しかし肝心のミラーは『そうですか』と、塩対応だった……

さて。今朝ジャックから受け取った籠《かご》の中を改めて見てみる。

材料を固めるのに必要なヤシシの実の油脂とゼラチン。

香りの材料として、グレープフルーツこと『グレプ』、みかんこと『ミーカ』、ライチこと『ラッチ』。そのほかには、ロック爺からもらった『ミトン』『ローズマリ』『カモミ』『レンモバム』『キリリの皮』も置いてある。

結構あるな～。でもよく考えると、この果物たちって中身はほぼ水分だから、乾燥させても香りがしないかも。それにへちまんと違って実は美味《おい》しいし、乾燥させちゃうともったいない気もする。

あ、そうか。もし前世のものと同じだったらグレプとミーカは皮自体が結構香るから、皮だけを乾燥させせよう。

「ミラー、悪いのだけど、今回はこのグレプとミーカの皮だけを使いたいの。中の実とラッチは厨房へ戻してくれる？」

「わかりました、皮だけですね。剥《む》きますので少々お待ちください」

そう言うと、ミラーは目の前で皮をスルスルと剥《む》いていく。

「さすがね〜、作業が丁寧で早いわ」

ミラーは私の言葉に返事をせず、ただひたすら黙って籠《かご》からフルーツを取り出して次々に皮を剥《む》く。数分も経たないうちに、籠《かご》の中にあった大量のグレプとミーカは実と皮が分離されてしまった。

「……できました」

こ、こいつ、できる！　私は思わず目を見開いてミラーを見たが、涼しい顔で流された。

「そしたらこの皮を剥《む》いてもらったフルーツたちは横に置いておいて、っと」

さて試作開始よ！　ひとまず私はシャボンの加工品を作るための材料を机に並べる。厨房から借りたボウルやヘラといった器具も、机に置いておこっと。

「ミラー、このヤシシの実の油脂を溶かしてきてほしいの」

「……」

ミラーは無言で頷いて、二個分のヤシシ油脂をボウルに入れて厨房へ向かった。その間に私は、シャボンの実の中身を取り出すとしよう。

ボウルへサクサクとした中身をどんどん入れる。二十個ぐらいあったそれを全て取り出したら結構な量になった。

「どうしようかな、これも、すり潰したほうがいいのかな？」

「お嬢様、溶かしてまいりました」

うーんと悩んでいると、タイミング良く鍋を片手に持ったミラーが帰ってきた。

「ちょうど良かったわ。このシャボンの中身を半分に分けるから、それぞれにヤシシ油を注いでくれるかしら？」

「……はい」

早くしないとヤシシ油が固まっちゃうから、急いで仕分けを始める。

シャボンの半分を手ですり潰し、もう半分はそのままで。そして、ミラーにはそれぞれのボウルに熱々のヤシシ油を注いでもらう。

しかしジュ～、と音を立ててどっちもあっという間に溶けてなくなってしまった。

「どっちもすぐに溶けてしまったわ。熱いからかしら？　ま～いいわ。次は材料を入れていくから、ミラーは私の真似をしてもう一方を作ってくれる？」

「わかりました」

今までもそうだけど、初めてすることだろうにミラーは、無言で淡々と作業をしている。塩だ……岩塩並みに辛いぞ。

私はもうミラーのキャラを受け入れて作業を淡々と続ける。

ヘラを回しながら私の作業するボウルには『ミトン』を一匙、ミラーのボウルには『ローズマリ』を一匙入れる。すると、辺りには一気に爽やかな香りと甘い香りが舞った。

「は～……癒される～」

うっとりしている私の横でミラーは無言。もう私の独り言は通常運転である。

そしてどちらのボウルにも、ジャックが市場で見つけてきてくれた『オリブ油』を五匙加えた。

そう、オリーブオイルならぬ『オリブ油』があったんだよ。

ちょっと高かったそうだけど、前世でオリーブオイルは化粧品なんかにも使用されていたから、肌にきっとイイはずだ。

オリブ油を入れて、グルグルグルグルと鍋をかき回す。

「だんだん硬くなってきましたね。そろそろ回すのをやめましょうか？」

やっと話したかと思ったら、ミラーはボウルの中が気になっているようだ。

ミラーの言う通り、ヤシシ油の熱が冷めてきたのかだんだんもったりしてきた。生クリームホイップのちょい硬い感じになっている。

私は混ぜるのを一旦止めてボウルからヘラを取り出すと、ボウルを少し浮かせて何度かトントンと机に落とした。ミラーも私を真似る。

気泡が入ると見栄えが悪いからね、空気抜きは大事よね。

「じゃあ、完全に固まるまでここに置いておきましょう。風通しがいいしちょうどいいわ」

「了解しました」

ミラーは一言だけ言うと、手早く器具を回収して厨房へ洗いに行った。

分量はなんとなくでやってみたけど、なんだか前世の主婦の目分量料理みたいだったな～と思う。

この試作品一号の出来栄えを見て、細かいところはあとで調整していけばいいよね。

「お嬢様、もう終わりますか？」

ミラーは戻ってきてそう言ったが、片手には新しいボウルとヘラを持っていた。

「ううん、あと三個作ります」

すでに要領を掴んだのか『では、ヤシシの実の油脂を溶かしてきます』とさっさと踵《きびす》を返した。

塩対応なミラーだけど仕事はバッチリできるんだね。

私はまたシャボンの実の中身を取り出す。今度は五個と八個と十個に分けて、中身はすり潰さないままボウルに入れる。だって、油の熱で勝手に溶けるんだもん。

そしてボウルにゼラチンを入れていく。固まりすぎるのは嫌だから、五個のボウルにはとりあえず三匙。八個のボウルには一匙。十個のボウルには入れないでおく。

そうしているとミラーが帰ってきたので、ヤシシ油を入れてもらう。

そのまま再度『ミトン』と『ローズマリ』、『オリブ油』を入れて、またグルグル。十個のボウルだけ『ミトン』を一匙入れる。

そしてボウルをトントンとして先ほど作ったものの横に並べる。時間が経ってもわかるように、材料の量と匙加減をメモに書き各ボウルに貼り付けた。

「よし。できた！」

これで第一回試作品の作業は終わりだよ。ふ〜疲れた！

「少し休憩しよう」

私はテラスの椅子に腰をかけた。ミラーは『お茶をお持ちします』と洗い物を持って席を外した。

「ジェシー、今、大丈夫か？」

そんな中、お爺様がナイスタイミングで、時間が空いたのだろう約束通り来てくれた。

「お忙しいのにありがとうございます。お爺様。今、ちょうど作業を終えたところでしたの」

「そうかそうか」

何やら満足げな様子で腰をトントンしながら、お爺様も腰をかける。

「で？　早速乾燥をするのかの？」

「いいえ、先にお爺様もお茶をいただきませんか？　今、ミラーが用意しておりますから」

ちょうどテラスに戻ってきたミラーに目配せすると、無言で回れ右をして厨房へ戻っていった。

「今回は五つほどあるのですが、魔力は大丈夫ですか？」

「な〜に、この草を乾燥させるぐらいなら、そうだな〜二十はできるぞ」

「そうなんですね。すごいですね」

お茶が来るまでの間、お爺様を持ち上げてみる。『必殺・孫からの尊敬の眼差し』は功を奏したみたいで、はっはっはっ〜と、お爺様は上機嫌だ。

やがてミラーが戻ってきたので、とりあえず私たちはお茶をいただいて一服し、お爺様は早速乾燥作業をしてくれるようだった。

「さて、やるかのう」

「ありがとうございます。素材はこちらに」

私はお皿の上に薬草を並べてお爺様に渡す。今回乾燥してもらうのはカモミ、レンモバム、キリリの皮、グレプの皮、ミーカの皮だ。お爺様は目を瞑りながら、一つひとつ乾燥させていく。

乾燥作業はすぐに終わったものの、お爺様は「そうじゃ」と眉を上げて私を見上げた。

「王都に行く際に、あのへちまんを少し持っていきたいんじゃ。それも乾燥させておこうか」

「わかりましたわ」

お爺様がそう言ったので、私は森で採取した残りの長ウリを持ってきた。すぐに三本の長ウリはへちまんへと変わっていく。

「よし、この一本はわしがもらうぞ？」

「お一人で使うにしては量が多くありませんか？　一本で大体六個できますよ？」

「わしが使う分だけじゃなくて、ミランも欲しいと言っとったじゃろ。あとは王都のタウンハウスに置こうかと思っての。向こうでメイドに使い心地を試してもらうのじゃ」

「なるほど。お爺様、ありがとうございます。色々な人の意見は重要ですものね」

「そうじゃ、自分以外の意見も参考にせねばならん」

私がそう言うと、お爺様は破顔して頭をぽんぽんしてくれた。

そうだよ、ついでなら！

「では、このシャボンの試作品も持っていってください。お爺様が出立されるまでに出来上がればですが……」

「何？　もうできそうなのか？」

「まだ微調整は必要でしょうが、完成は近いです」

「ほ〜ぉ」とお爺様は関心気味に唸っていたが、不意に両手を私の肩へ置いて、私の目をじっと見つめてきた。

「お前の頭の中はどうしたのじゃ？　以前は母親の後ろに隠れて下を向いとるような子じゃったのに。それほどまでに両親の死がショックだったのか？　はたまた……」

急に核心を突かれて目が逸らせません。思わず黙ってしまったけど、どうしよう、言うべき？　何でこのタイミングなの？

とはいえ、このまま誤魔化《ごまか》していても仕方あるまい、え〜い、ままよ！

「わかりません……いえ、ショックな事件ではありました。ただお爺様が王都から帰られましたら、きちんと説明します。それまで待っていてくださると嬉しいです」

目を合わせる勇気はなかったので、下を向いて目を逸らしたままそう言った。

「う〜ん……わかった。それで良い」

「それまでには頭の中を整理しておきます」

眉尻を下げてそう言うと、お爺様はまた頭をポンポンしてくれた。

いきなりすぎてびっくりした！　しかも、本当になんでこのタイミングなんだろ……

とはいえ『前世の記憶が蘇りました』って言ったところで納得してくれるのかな……どう言えばいいんだろう？

私はシャボンや歯ブラシ以上の課題を抱えてしまった。

ま〜でも、なるようになるか。実際、兄さんは内向的だった私が急に明るくなったのをさほど気にしていないみたいだし。他のみんなも気にはなっているけど突っ込まないだけなのかな？

お爺様が退室してから「う～ん」と悩んでいると、ミラーが再び戻ってきた。

「お嬢様、道具を片付けてまいりました。ではこれにて私は失礼します」

塩なミラーはそれだけ言って扉を閉じて行ってしまった。

テラスの机には先ほどのシャボンの試作品が置いてある。私はそのまま、シャボンが固まるのを見ながら思考の海へ泳いでいった。


「はっ！」

夕日が庭先に差し込み始めた頃、やっと私は思考の海から戻ってきた。

目の前のシャボンのボウルを覗《のぞ》き込むと、液体から固体のものへ変わっているように見える。

それぞれのボウルの表面をツンツンとつついてみると、ゼラチン三匙のシャボンは表面が少し柔らかかった。ゼラチン一匙のほうは入れていないものと差がなかった。

「ゼラチンの量は三匙あたりから変わるみたいね」

とりあえずボウルの中身を取り出そう。ボウルを逆さにして、ポンと叩いてみると、カタッカタッと小気味いい音がしてすぐに外れた。丸いシャボン試作品の完成である。

「早速、泡立つのか見てみたいわ。あと、香りもね！　そうだ、ロダンを呼んでこよう」

ノリノリのロダンならきっと色々なアイデアを持っていそうだし、何よりできる執事だしね。

私はロダンを呼びに行くついでに、水桶とタオル、へちまんを用意した。

「お嬢様、まさかこれは！」

テラスに来たロダンは笑顔で驚愕している。芸が細かいな。

「早速作ってみたのだけれど、これで色々実験したくて。それにロダンの意見も聞きたいし」

「ありがとうございます！」

やっぱりこの老執事、ノリノリである。

「まずは見た目なんだけど、ゼラチンの量でちょっと見た目が違うの。三匙入れているこっちは表面がつるっとしてるけど、少し柔らかいの」

「なるほど……たしかにつるっとしたほうが見栄えはいいですね。柔らかいとおっしゃいましたが、そうでもないような。こちらのゼラチンが入ってないほうが結構硬いので、余計にそう感じるのかもしれません」

私が差し出したシャボンを、ロダンは「ふむふむ」と感想を言いながら触っている。

「あと、こっちとこっちで練り込んだ粉末の量を変えてみたの。どうかしら？」

「差をつけたのですか⁉　色々なパターンがあると比較しやすくていいですね。さすがですお嬢様‼」

ロダンは目を見開き、シャボンの塊を遠慮なしにクンクン嗅いでいる。

「おそらくこちらのほうが香りを多くしているのでしょうか？　個人的には少し鼻につくので、少ないほうが良いかと思います」

「わかったわ。次は泡立つかどうかなんだけど……」

私は水に浸し、わしゃわしゃと試作品を手で擦ってみた。しかし、たしかに泡自体はできるものの掌の表面に付くくらいで、泡泡とは言い難い。

「あんまり泡立たないわ。いつものシャボンの中身だけみたいね……あっ！」

ふと思い立ち、側に置いていたへちまんを持ってきて、泡立ててみる。すると、ふわふわとした泡の塊が出来上がった。そうよこれこれ～!!

「泡泡になったわ～。ほのかに香って、良いわね～」

ロダンはシャボンの試作品をじっと見つめている。

「なんと……！　これほどの泡が!?」

「ね、いいわねこれ！　ゼラチンのほうもやってみましょうか」

一匙のもので検証を終えた私たちは、ゼラチン三匙のほうも試してみる。

泡立ちは一匙のものと同じくへちまんが必要だったが、無事に泡泡になった。しかし、水に浸すとかなりツルツルしてしまい、扱いづらさが勝ってしまった。

「これは、滑るからダメね。見た目はいいのだけれど」

「そうですね。残念ですが扱いづらいです」

「あとは、オリブ油入りね。香りが二倍だから結構香るわね～」

最後にオリブ油入りのものを試してみる。

「うん、同じような感じ。泡立ちはあまり変わらなそうね」

「ええ。やはりへちまんがないと泡泡にはならないようです」

私は手を拭き、皆を集めるようにロダンへ言った。ついでに、包丁かナイフをお願いする。ロダンは心得たとばかりに、速攻でみんなを呼んでくれた。

待っている間そっと手を触っていると、心なしかしっとりしているような気がする。

「これってもしかして、オリブ油効果!?」

私が感動していると、ロダンがお爺様と兄さんを連れてテラスへ戻ってきた。

「お爺様、お忙しいのに、何度も申し訳ございません。兄さんも来てくれてありがとう」

と一応礼儀として一礼をしておく。淑女のようにおしとやかにやってみたけど、たぶん今の私はとってもドヤ顔になっているだろう。

「シャボンの加工品の試作品ができました。皆に意見を聞きたいのです」

お爺様は「さっきのがもうできたのか」とびっくりしている。

私はロダンに三種類の試作品をそれぞれ四等分に切ってもらい、二人に渡す。

「こちらとこちらはミトンが入っておりますが、量が違います。こちらは他の香りということで、ローズマリを入れています。最後のこちらにはオリブ油を入れてます。ほらほら、試してみてください」と二人を促す。

「水に浸して泡立てる際は、こちらのへちまんをお使いください。へちまんも一緒に水に浸してくださいね」

お爺様はまず手渡された試作品の香りを神妙な顔で嗅いでいる。対して兄さんは、バチャンと試作品とへちまんを水に浸し早速泡立たせている。

「すごい泡立つな～これ！　しかも泡がきめ細くて気持ちがいい」

兄さんは目を瞠《みは》って泡泡を楽しんでいる。

「兄さん、このオリブ油入りを試してみて」

「ん、こっちか？　香りが結構するが……これも泡立ちはすごいよ」

「じゃあ、手を拭いてみてくれる？」

「わかった」と言って兄さんは手を拭くが『それで？』って顔を向けてくる。こっちから促さないとわからないかしら。

「手がね、しっとりしてない？」

「あっ本当だ。ほんの少しだけどしっとりしている」

兄さんの一言で、お爺様とロダンはカツカツと詰め寄り、兄さんの手をベタベタと触っている。なんかすごい絵面《えづら》だな……

「お嬢様、素晴らしいです！　これは女性の柔肌《やわはだ》や子供の傷つきやすい肌にもいいですね。いえ、カサカサの老人にもいいかもしれません」

ロダンの隣でお爺様はさっきから「お～」としか言っていないが、驚きとニヤつきを顔に浮かべてはしゃいでいる。

そんなみんなのリアクションに、私は空を飛びそうなくらいテンションマックスだ！

やったぜ～～～！　と逸《はや》る気持ちを落ち着かせて、私はおすまし顔で三人に笑む。

「こちらが試作品の結果です」

パチパチパチ～と心の中で私は私を褒め称える。よくやった、私。

その後私の言葉を引き継いで、ロダンが試作品の結果をまとめてくれた。

「結果ですが、香りは控えめでオリブ油は入れたほうがいい、ということでよろしいかと。あとは硬さですが、水に浸せば泡になるので、ゼラチンを入れすぎなければ問題ないかと思われます。そしてお嬢様。先ほどの結果を踏まえて早速数個作成していただきたいのですが」

ロダンは早速この試作品を使ってみたいようだ。

「わかったわ。でもヤシシの実とシャボンの実がないわ」

「かしこまりました。いくつ用意しましょう」

「逆に、どれだけ欲しいの？」

「全ての香りの試作品が欲しいです」

どんだけ欲しいの？　自分で使うの？　ボウルで作ると大体十センチメートルだから、一つでも結構大きいんだけど……

「まだキリリの皮とか実験していないのがあるから何とも言えないけど、今のところ香りは七種類あるかな」

「では七つ分用意いたします」

「試作品一つにつき、ヤシシの実の油脂が一つとシャボンの実が十個必要よ」

「かしこまりました。明日の朝一までに用意をしておきます」

なんだかロダンは大張り切りだ。そんなに泡泡したいのかしら。

「じゃあついでに、次はボウルではなくて木製の四角い箱……このボウルぐらいの大きさの箱が欲しいわ。それで型を抜きたいの」

ロダンはとっさに思いついた作業についても「かしこまりました」と引き受けてくれた。

そしてお爺様に一礼して「ご主人様、申し訳ございません。これは一大事です。私はこのまま席を外します」と言い、早歩きでテラスから出ていった。

すると、今度はミランがテラスに入ってきた。お爺様の側で止まったところを見るに、どうやらロダンの代わりのようだ。

兄さんは興奮気味に、未だに泡泡している。泡泡しながら「はえ〜」と感嘆の声をあげている。

「それにしても、ジェシーはすごいものを作ってしまったな」

「そうじゃな〜。これはロンテーヌ家始まって以来の一大事じゃな」

「でも、これで税金の問題はなんとかなりそうですよ、お爺様？」

シャボンを見下ろすお爺様に、私はニッコリと笑みを向ける。

「何を言うんじゃ。これはそれ以上じゃ」

お爺様はなぜかちょっとしんみりとしている。

「俺、これで心置きなく学校へ行けるよ。正直、後ろ髪がひかれてたんだ。次期当主なのにって」

兄さん、やっぱり気にしていたのね。なんだか心なしか表情も柔らかくなった気がする。

うってかわってお爺様の隣にいるミランは、さっきのロダンと同じようなリアクションでシャボンの試作品をガン見している。怪訝《けげん》そうな顔に好奇心が見え隠れしている。

「ミラン、気になるなら、一度触ってみる？」

「よろしいのですか？」

ミランは兄とは違って飛びつかずに、目でお爺様に懇願している。

「もちろんじゃ。これから我が領の特産品になるし、ミランにも情報を共有しなければならんからの」

お爺様の許可も取れたので、私はオリブ油入りの香り強めのシャボンのかけらを渡した。ミランはお爺様にレクチャーされながら、泡立たせている。目がキラキラしていて子供のようだ。しばらくして満足したのか、ミランの泡泡大会が終わった。

するといきなり、手を拭きながらスッと目を細めたミランが私たちに向かって語り始めた。

「ご主人様、お坊っちゃま、お嬢様。これは一大事どころではございません。歴史が変わります。王国に激震が走る案件です！」

そこで一呼吸置いて続けた。

「王城の官僚だった私の経験から申し上げますが、これは早急に形にして国に登録をするのがよろしいでしょう。子供のお嬢様がすぐに作れるものです。現物やレシピを見られてしまったら横取りされかねません。それほどのものですし、それほどの金額が動く予感がします」

「えっ！」

変なフラグが立ったよ。そうなの？

便利になっていいじゃん的な軽い感じだったのに……前世では普通にあったからね。

「へちまんといいシャボンの加工品といい。ちょっとした思いつきの域を超えています。ご主人様、

ご友人には今回の王都行きは内密にお願いします」

ミランはさっき『王都で試してみようかの～』ぐらいのテンションだったお爺様に、先に釘を刺した。

「あと、現状財政が圧迫していますが、これはぜひ惜しみなくつぎ込んでいただきたい」

昔、王城の官僚（どうやら前世で言うところの税務官らしい）だったため、勘がビンビン働いているみたいだ。お爺様はそこまでとは思ってなかったようで、ミランの士気にちょっと引きながらも「心得た」と了承した。

「そしてお嬢様、もしよろしければ、私にシャボンの加工品の製作工程をお見せいただけませんか？」

「明日の午後か明後日かに材料が揃えば作る予定だったし、いいわよ」

「では、明日はミラーではなく私が作業を補助いたします」

満面の笑みで、すごいぐいぐいと進めるじゃん、このオレゴン弟。そのまま「あと名前も決めましょうね～」とか言ってるよ。

いや、いいんだけどさ、これってそんな大事《おおごと》になりそうなの？　こっちの常識やロンテーヌ領以外を知らないから、今になってちょっとビビってきた……

ちょっと便利になって家計の助けになったらいいな～って感じだったんだけど、前世の知識がこんな形でどんどん世に出ていいのかなって不安になってしまう。

「それと皆様には今後、この案にお坊っちゃまやお嬢様が関わっていることは他言しないようにお願いします」

ミランの言葉に、私と兄さんは揃って首を傾げる。それって必要なのかしら？

そんな私たちの意図を汲み取ったのか、コホンと一つ咳払いした。

「これは貴族間によくある話なのですが、そういう世紀の発見に関わっていることが露見すると、縁談を迫られたり、情報を引き出そうと脅迫されたり、そして最悪、命を狙われたりします。誘拐のほうがまだ可能性は高いですが、どちらにせよお坊っちゃまやお嬢様には危険です」

ミランは鬼気迫ったような表情で私たちを見つめる。

「わかった」と言った兄さんだったが、何やら思うところがあるようで、へらっとはにかんだ。

「ミラン、お坊っちゃまはやめてくれよ。ご主人様も気恥ずかしかったけど、さすがにお坊っちゃまは……」

ははは、と兄さんは変なところで照れている。

「ごほん、失礼しました。では、カイデール様と」

「カイでいいよ」

「かしこまりました。カイ様」

ミランは目を細めていたが、今はそんな話をしている場合じゃないんだよとはツッコまず、すっと一礼してお爺様の側へ戻った。静かに立っているが、絶対あの頭の中は今後のことでフル回転中だろう。

「ま～、なんじゃ、元々ジェシーには領限定と言っていたしな。カイは学校で十分に気をつけるんじゃ。ま、お前は騎士科じゃし、いざとなったら自分でなんとかできるじゃろ。がんばれよ」

「鍛錬《たんれん》あるのみじゃ」と、お爺様は兄さんの背中をバシバシと叩いている。

私もポロっと言わないようにしよう。あっ、でも使用人は知ってる人がいるのよね。

「あの～、お爺様。城の中でもダメですか？　ロダンやミランはもちろんですが、あとは手伝ってくれたミラーが知ってます。何となくなら、ロック爺とジャックもです」

私の言葉を聞いてお爺様がミランに目配せする。すると、すぐにミランは静かに退出していった。

「城の皆は家族のようなもんじゃ。裏切るものはおらん」

心配するな、と私たちをホッとさせてくれた。それからお爺様はヒゲを触りながら宙を見て考え込み始めた。お爺様も思考をフル回転させ始めたかな？

「兄さん、王都にいる貴族ってそんなにすごいの？　なんだか怖くなってきたんだけど」

「あはは、みんながみんな悪いやつじゃないよ。悪いやつなんてごく一部だよ。ただ念には念を入れてるんだろ」

なんだかんだ優しい兄さんは私を気遣ってくれる。それだと嬉しいんだけど。

「じゃあ、王都のお土産を期待していい？」

「じゃあって何だよ、関係性がないじゃないか。冬にはジェシーの誕生日が来るしな。いいよ」

兄さんは笑いながら「も～、しょうがないな～」と、グリグリ頭を撫《な》でてくる。

「お土産はお土産、誕生日は誕生日で別なの！　王都のお土産よろしくね。お菓子がいいな～」

兄さんは「ゲッ」と眉を顰める。

「え～、ちゃっかりしてるな。でも、日持ちしないからお菓子は無理だな」

「じゃあ、なんか可愛いもので」

「具体的に言ってくれたほうが助かるんだけどな～？」

私が「そこは、兄さんのセンスに任せます」と言うと、兄さんは「仕方ないなぁ」と私の頭を撫でた。

第二章

「おはようございます。お嬢様」

発明の興奮冷めやらぬままベッドに入ったものの、疲れていたのかぐっすり眠れた翌朝。

爽やかな声で起こしてくれたのは、今日から私の侍女になったケイト。お湯やタオル、今日着る服といったものがすでに用意されている。

すごい。侍女がいるってこういう感じなのね。

「おはよう。用意してくれてありがとう」

「お嬢様。次からは礼は必要ございません。ですが、お心遣い嬉しゅうございます」

へ～、お嬢様は侍女に「ありがとう」ってあまり言わないのか……

「本日のご予定ですが、午前中はお勉強をしていただきます。午後はミランがお供をすると申しております。今後は基本的に、午前中はお勉強の時間になります」

勉強か……嫌な言葉に肩を落とす私を見て、ケイトは柔らかく微笑みを向けた。

「あとは言葉遣いと簡単な座学のみですから、大丈夫ですよ。所作やマナーは公爵位に恥じない見事なものですから」

えっ、所作は合格？　天国のお母様に感謝だね。言葉遣いは、前世を思い出したから余計に崩れちゃったかしら。

「そうなのね。がんばるわ」

「では、お着替えをしましょう」

ケイトはそう言うと、身支度を整えてくれる。なんと髪もきちんと結わえてくれた。侍女がいるって、何だか優雅になった気分〜！

身支度を終えて食堂へ下りるとお爺様と兄さんはすでに食卓についていて、側にはロダンとミランがいた。

「おはようございます。あらっ？」

男衆が全員お肌ツルツルになって、心なしか顔がスッキリしているように見える。

「もしかして、早速使われたのですか？」

「お〜そうなんじゃ、肌がしっとりして何だか若返った気分だぞい。カサカサしていた足のかかともすべすべになっての〜」

「俺は今朝、ヒゲが剃りやすかったよ。あの泡はいい。本当にいいな」

と、我が家の男子には好評ですね。背後のオレゴン兄弟も、顔が艶《つや》めいているように見える。

「お嬢様、今日の午後は色々お話もしたいので、丸々私に時間をいただけませんか？」

「いいわよ。じゃあ、昼食後すぐにでも始める？」

「ありがとうございます」

そう言い一礼したミランの給仕で朝食が始まった。

「では不肖、私がお嬢様にお教えいたします。その前にお嬢様に自己紹介をさせてくださいさ〜、午前中は勉強です。先生はなんとケイトだった！

私が居住まいを正すと、ケイトは話し出した。

「私は元々子爵家の四女ですが、魔法が使えなかったので学校を卒業後平民になり、王宮のメイドとして働いておりました。その後、姉の伝手でロンテーヌ領へ移住し、先先代の奥様の侍女として働かせていただき、現在はお嬢様付きです。ここまででご質問はございますか？」

淡々と話しているけど、いや情報が多いよ、ケイト！

「すごいね。でも王都のほうが都会だしお給料も良さそうだし、そっちのほうが良かったんじゃない？」

「……色々ございまして」

「いや、聞くつもりはなかったの、ただ言葉になっちゃっただけで。ごめんなさい。無理にと言うか大丈夫。言いたくないことは言わなくていいから」

私はワタワタと急いで訂正する。主人に聞かれたら答えなくちゃいけないもんね……これからは発言にも気をつけなきゃ。

「ありがとうございます、では続きを。私は学校在学中に『特進科』へ進みましたので座学には自信がございます。また貴族の頃の心得がありますので、ダンスの指南をさせていただきます」

「わかったわ、よろしくね」

なんだか色々一杯なんだけど、とりあえず授業を受けよう。

「それでは、お嬢様への授業を始める前に一つ質問がございます。お嬢様は、現在何科にご興味がございますか？」

「えっ、具体的にはまだ決めていないわ。ただ単に魔法をやってみたいかな、ぐらいかしら」

特に何も決めていなかったから、ただやってみたいことを言ってみた。しかし、ケイトの眉間には皺《しわ》が寄っている……なんか変なこと言った？

「ご存知かもしれませんが、学校では二年時に『普通科』『文芸科』『特進科』『魔法科』『騎士科』の五クラスへ分かれます。一般的に女性は『普通科』か『文芸科』へ進みます。その他の科へは特別なことがない限りあまり女性は進みません。特に上位の令嬢はなおさら」

お嬢様の世界はそうなのね……魔法科で魔法無双したかったな〜……

「ですが、この冬に迎える成人の儀で魔法適性を調べた結果も参考にしますから、今はまだ決めなくてもよろしいかもしれませんね」

「わかったわ。成人の儀のあとにまた考えてみる」

「それがよろしいかと。それでは、お嬢様がどの専門科にも対応できるように勉強も難易度を上げておきましょうか？　いえ、そうしましょう！」

おっと、ケイトのやる気に火を点けちゃったよ。さっきのどの会話でそうなった!?

「お、お手柔らかにね……？」

「ちなみに、お嬢様は何か楽器はできますか？　『文芸科』への興味は全くございませんか？」

「ないわね～。小説や絵は好きだけど、楽器は未知の世界よ」

「かしこまりました。ただ、どの科に行こうともダンスは必須ですので」

前世の私でもダンスは未知の世界だよ～。前世の娘たちは授業でやってたみたいだけど。

どうやら前世の学校と異世界の学校はちょっと違うのね。

「わかってますよ～、なるべくがんばります～」

そう言うと、ケイトは今日一番の笑顔で微笑んでくれた。

「お嬢様、お小言になりますが『わかってますよ～』ではなく、『わかっていますわ』です」

あぁ、笑顔の意味はそっちね……恐い。

「……わかっていますわ」

私は小さい声で言い直した。つらい。

「よくできました。今後はお言葉遣いに注意なさってください。ご家族の前でもです。日頃から慣れていませんと、とっさのときに素が出てしまいますので。よろしいですか？」

「わかりましたわ、ケイト先生」

なんだか少し茶化してみたくてそう言ってみた。しかしケイトの笑顔は揺るがなかった。

そして、午前中は私の学力を測るためのテストをした。結果は『普通科』なら難なくいけるが、『特進科』には一歩及ばずという学力。

結果を見てキランとケイトの目が光ったのは言うまでもない。

「お嬢様、さすがです。しかし、アレもやらなくては、あっアレも」

ケイトはより一層張り切り出した。ふえ～ん、泣きそう。


昼食が終わり、次はミランと試作品作り。

午前で疲れた体をどうにか動かしてテラスへ向かったが、なぜかミランの他にロダンがいた。

「あれ、ロダン？　何かあったの？」

「いえ、少し手が空いたものですから。私も見学しようかと思いまして」

「……王都行きの準備は大丈夫なの？」

「ええ、もちろん」

「まぁロダンが大丈夫なら、よろしくてよ」

私の返答にロダンはニッコニコだ。でも本当に用意終わった？　お爺様に怒られない？

「では、始めましょうか。まずは新しく手に入った香りの材料をすり潰します」

そう言い二人に『カモミ』『レンモバム』『キリリの皮』『グレプの皮』『ミーカの皮』を渡し、手分けをしてそれぞれすり潰し始めた。

まずはキリリの皮。乾燥させる前は前世の桐《きり》の皮みたいで良い香りだったんだけど――

「これは、ダメね。皮が硬くてすり潰せないわ」

キリリの皮と少しの間格闘して、諦めた。乾燥したら板みたいに硬くなりすぎてしまってどうにもならない。香りもグンと落ちている。楽しみにしていたのに……

「そうですね。残念ですがボツです、お嬢様。それはそうと、こちらはどういたしましょう？」

ロダンから差し出されたのは『グレプ』と『ミーカ』の皮だ。

「そうね～、小さく刻んでからすり潰すのはどうかしら？」

「こちらはできました」

ロダンがすり潰しに行ったと同時に、ミランが私のもとにやってきた。手には『カモミ』と『レンモバム』がある。

「とっても香りがいいわね。特にレンモバムは万人受けしそう」

「ええ。レンモバムは男性にもウケそうな爽やかでいい香りです」

「お嬢様、こちらも終わりました」

ミランに遅れてロダンも戻ってきた。額に汗をかいているし、力が必要だったのかな？

「グレプもミーカも、香りは少ないけど、どちらも爽やかね」

「ミーカはレンモバムに香りの系統が似ていますね。こちらも男性にはウケそうですよ」

「そうね。ちょっと粒は大きいけど。男性のロダンがやってこの大きさじゃこれが限界よね」

『ミーカの皮』は大の大人であるロダンがすり潰しても、塩粒ぐらいの大きさだった。

「では、これもボツでしょうか？」

ロダンは見るからにがっかりした。さっきからリアクションが可愛い、ふふふ。

「いいえ、元々の果実の皮は柔らかいもの。水に浸したら柔らかくなるかもしれないから、一度作ってみましょう」

私の言葉でロダンのテンションが復活した。

そして、三人でシャボンの加工品を再び作ることになった。

グルグルグルグルとボウルを回す。

ちらっと隣を見るとミランは両手で二つ作っている。器用だな〜、何だあれ。

今回は前回と同じ『ミトン』と『ローズマリ』も作っているので、全部で香りは六種類。かき混ぜ終えたものをミランが用意してくれた木枠へ流し込む。さて、固まるまで何をしよう。

ふいにロダンがこちらを向いて首を傾げた。

「ところでお嬢様、固まるのに時間はどのくらい必要でしょう？」

しまった、正確に時間は計っていなかった。前回はボーッとしてたから……たしか二時半頃から五時前くらいまで放置していたような……

「大体、二時間から三時間ってところかしら」

「かしこまりました。そうしたら、固まるまで席を外させていただきます」

ロダンはそう言い足早に城内へ戻っていった。やっぱり王都に行く準備が残ってるんじゃん。テラスに残ったミランは「お茶にしましょう」と器具を片付け、お茶の準備を始めた。

すぐにお茶の用意ができて、辺りには良い香りが漂い始めた。

「お嬢様、同席してもよろしいでしょうか？　お話がございまして」

「よろしくてよ」

ミランは使用人だけど、ガッツリ話したいみたいだったから、座ってもらった。

「お嬢様は……いえ。上手く話せませんね」

嫌な予感……一体何を話したいんだ？

ミランは訝《いぶか》しげに私を見つめる。

「お嬢様は何を見て今回のヒントを得たのでしょうか？」

お爺様と同じパターンだったか……！　嘘をつくのは嫌だけど、それっぽく言ってみるか。

「そうね、パッとその場で思いついたんだけど、元々は植物図鑑と研究者の文献かしら」

「そうですか。女性が文献ですか……思いつきの詳細を伺っても？」

私は、兄さんやロダンに話したことを聞かせた。

「まず、へちまんはね。森へ視察に行ったときにたまたま目に入ったの。それで植物図鑑を思い出して、日頃から困っていたことと重ね合わせたら、問題が解決すると思ったのよ」

そもそも初めは自分の我儘をかなえようとしたのよ、と。

「困っていること？」

「あのときはね、体を布で擦っても落ちない汚れに気を揉んでいたの。爪の中とか。擦りすぎると赤くなっちゃうじゃない？」

ミランは「なるほど」と言って続きを促してくる。

「それで『長ウリは空洞が多く、乾かすと形状を保ったままカラカラの干物になる』と書かれていた文献を思い出したの。もしかして、汚れ落としにいいんじゃないかって」

ミランは難しい顔で黙ってしまった。ちょっと、無理があったかかな？

「では、シャボンの実は？」

え～、まだ続けるの……？

「シャボンはね、城下町の生活雑貨店に行ったときにたわしんを見つけて、その横にシャボンの実があったの。そのときにへちまんとシャボンの実を擦り合わせれば泡立つかなってひらめいたの。これも、日頃からの困り事が発端よ」

これでなんとか納得してほしいので、への字眉でミランを見上げる。でも彼の勢いは止まらなかった。

「シャボンの困り事とは何でしょう？」

「毎回殻を割って中身を取り出すのが面倒だったのよ。だから中身を集めて固めれば便利じゃないかなって。あとは単純に香りとか付いていたら嬉しいな～って」

何か悪い事を告白しているみたいで、尻すぼみになってしまう。

私が言い終えるとミランは何かを考え込んで黙るものだから、沈黙がつらい。

「そうですか。わかりました」

そうは言うものの依然怖い顔だ。本当に納得した？　してないよね？

「あぁ、お嬢様。恐がらせて申し訳ございません。今回のことを思うと少し踏み込みすぎました。しかし大体のことは理解いたしました。ただ今後、またお話を伺うかもしれません」

ミランなりに何となく察してくれたかな。怖かった雰囲気がガラッと変わり、ニコニコと笑みを浮かべ始め、紅茶を追加してくれた。

「それではこの加工品の名前を決めましょう。ご主人様にはお嬢様が命名するようにと言付かっております。国に登録する際に名前は必須ですから」

ミランは「何がいいですかね〜」と、ほんわかムードだ。まだ怪しんではいそうだけど、これ以上深く聞いてこなくて助かった。

私たちはシャボンの加工品が固まるまで、シャボンの命名に話を咲かせた。


二時間くらい経って、再びロダンがテラスに顔を出した。

「そろそろかと思いまして」

ウキウキが全身からダダ漏れてるよ、ロダン。前回よりちょっと早いけど、できているかな？

私たちは四角い木枠のシャボンの加工品を覗《のぞ》き込んだ。

「できてるわ！」

「無事できているようで何よりです。では固める時間は二時間でよろしいですね。いや、もっと早いかもしれませんが……」

ミランはシャボンの加工品を見ながらメモして、ロダンが木枠からシャボンの加工品を取り出してくれた。顔くらいの大きさのシャボンの加工品が、目の前に六種類も並んでいる。

それを掌に収まるくらいのサイズに切り分ける。お試しだから小さいほうが良いかと思ってやってみたけど、一気にすごい量ができたよ。これ、自分たちで量産できるんじゃない？

「お嬢様、まずは香りの検分です」

そうだった、これまだ試作品だったんだ。皆で小さく切った加工品の匂いを嗅ぐ。周りから見たら変だよね、令嬢がクンクンだなんて。ケイトに怒られそう。

「グレプとミーカは、香りがほとんどなくなってしまいましたね」

「そうですね。元々皮に含む香りが少なかったのかもしれません」

ロダンとミランは眉尻を下げてなんだか悲しそうだ。

「でもね、全くないわけではないじゃない。本当に微《かす》かだけれど、香りはあるわ」

ボツにするにはまだ早い。果実系が全滅しちゃうじゃん！　これ貴族用だよ！

「次は、皮が肌にどう反応するか。見てみましょう」

香りもそうだが、ロダンは粉末状にしきれなかったつぶつぶが気になるようだ。

ミランが『ミーカ』の試作品を水に浸しへちまんで泡立てる。その後、試作品自体を手を洗うように直接擦り付けた。

「お嬢様、直接擦ってみると少し引っ掛かりがあります。水に浸けると香りは増しましたが、強くはありませんね」

そう言うミランの腕には薄く線がついていた。

「万が一、肌に直接擦り付けてしまう場合を考えると……ダメね」

う〜ん。でも直接擦らなければいいのよね。じゃあ食器とかはどうだろ？

「ミラン、悪いんだけど、この紅茶のカップをへちまんとミーカの試作品で洗ってみてくれない？」

私の言葉にハテナな表情のミランだが、ロダンはミランの反応を無視してさっさとカップを桶に入れてしまった。ミランは怪訝《けげん》な表情で私の言った通りカップを洗い始める。

やがて怪訝《けげん》な表情が、目を見開いて驚きの表情へと変わっていった。

「お嬢様、ピカピカになりましたよ！　すごい、新品のようです！」

ミランが桶から取り出したカップは、微《かす》かについていた汚れが綺麗に落ちていた。

「あっ！　そうだ！」

きっと微妙に潰しきれなかったつぶつぶが研磨剤みたいな働きをしたのかもしれないわ。

「ミーカは肌用じゃなくて、食器や掃除用にいいかもね。エントランスの床とか階段とか」

二人とも目をまん丸に見開く。

「これがお嬢様の『思いつき』なのですね！　次から次に、とても素晴らしい」

ミランは絶賛の拍手の嵐だ。ロダンは早速たわしんを持ってきて、床を磨き出した。

「たわしんで柔らかい石を洗うのは傷がつくので不向きですね。かといって、へちまんはもったいないですし」

「でも、へちまんは実質タダなんだし、もったいないとかはないんじゃない？　むしろ掃除に使う場合は、一本丸ごとか、半分くらいの大きさのものを使えばいいんじゃないかしら？」

またもや兄弟で驚いています。えっ、そんなに変かな？　だって、ほぼタダじゃん。

「へちまんを丸ごと？　贅沢ですね……少し考える必要があります。しかし、こちらのミーカやグレプは用途を変えて販売できますね。いや、平民用に限ってもいいのか？」

ミランは頭の中で原価の計算をしているようで、ブツブツ呟き始める。

ちょっと前世の知識を言ってみようかな。でもこれ以上アイデアを出しすぎると、また怪しまれちゃうしな～……

「お嬢様、何か考え事ですか？　前にも申しました通り、何でもおっしゃってください。私がお願いしたのですから、大丈夫ですよ」

するとロダンは再度申し出てくれた。以前も同じこと言ってたし、頼りになるな～！

「じゃあ今思ったのだけれど、グレプやミーカは皮しか使わないから中身がもったいないわよね。となると原価が高くなるじゃない。でもね、ジャックが『ミーカは気軽に食べられる果物だから、平民がよく食べている』って言っていたの。それなら領民に『ミーカの皮を乾かして持ってくれば百Dあげる』って言えばすぐ集まりそうじゃない？　こっちは乾かす作業とかの手間が省けるし、領民は小遣い稼ぎができるし、一石二鳥じゃない？」

Vサインをミランに向ける。ミランは素っ頓狂な顔をしている。

「……ちなみにミーカはおいくらなんでしょう？」

ミランはミーカを知らないようだ。本当に庶民しか食べないのね。

「ジャックは一個五十Dと言っていたから、原価はもっと安いんじゃないかしら」

「なるほど……」

「だから安いミーカを仕入れて、同じくらいの値段で私たちが領民に売るの。それで三個分の皮を持ってきたらその一部を返金するの。そしたら領民にとってミーカはより安く手に入ることになるでしょ？　それだけだと赤字になるかもだけど、乾燥の作業費とか考えると元が取れると思うの」

「素晴らしいを通り越して、何ともはや……商才もあるのですか！」

私の話を聞いて、ミランは私の手をぎゅっと握りしめて尊敬の眼差しで見つめてくる。

「あっでも、思いつきだから。参考程度にしてね」

あと、勢いついでにこれを言ってしまおう！

「それと、食器用とかに用途を絞るのなら、原価が高いオリブ油はなくしてもいいんじゃないかな〜と思って」

これも参考にしてほしいだけなんだけど、これ以上突っ込まれてボロが出ると困る。だからとっとと話題を変えてしまおう。

「ところでこの試作品はどうするの？　今試しに使ったのは私たちが使うとして、グレプとミーカ以外のものは使用人に配ったりするの？」

「いえ、こちらは使い道が決まっておりますので、全ていただけたらと思います」

ミランは手を離し、ニコリと笑む。

「じゃあ、私にも新しいのを一つずついただけるかしら？　あとお爺様とお兄様にも」

もちろんです、とロダンは言いつつ、ケイト先生に習った言葉遣いも褒めてくれた。

「では名前も決めてしまいましょう。先ほど話していたお嬢様の案でよろしいかと」

「もう決まったのですね。何ですか？」

ミランもロダンもニコニコ顔でこっちを見てくる。さっきミランと話していたときにポッと出てきたものなんだけど……

「恥ずかしいわ。でも、本当にお爺様の意見は聞かないの？」

「問題ございません。お嬢様が命名するように、と指示されておりますので」

「じゃぁ、ごほん……この商品の名前は『サボン』です」

本当に、恥ずかしい。前世のパクリ、もといヒネリがないのよ……

「いいですね、本来は原料の名前とは離したいところですが、逆に、同じ洗うものとして近い名前のほうが広まりやすいし、親しみやすいでしょう」

ロダンも賛成のようだ。前世のフランス語で言うところの石鹸《せっけん》。そのまんま……本当にネーミングセンスがなくて情けない。

そうして『サボン』と決まった試作品を色々な人に試してもらって意見をもらう日が続き、やがてお爺様たちが王都へ向かう日になった。


王都へ行くのはお爺様、兄さん、ミラン、ダン、ロック爺の五人。

公爵家なのに、こんなむさ苦しいかつ少ないメンバーでいいのか？　ロダン曰く、今回は王都のお爺様の弟の家へお泊まりするそうなので、世話係がいらないとのこと。

「ではお爺様、くれぐれも無理をなさらないように！　腰に悪いですからね。お気をつけて」

お爺様としばらくのお別れだ。いつもお父様やお母様が王都へ向かうときは、お爺様やお婆様とお留守番をしていたから、何だか変な感じ。

「お兄様、サボンのレポートをお願いしますわ。四種類全て試して使い心地を教えてくださいね。あと、へちまんは使ったあとに必ず乾かしてくださいね。あとあと、お土産も期待しております」

「俺に『お気をつけて』はないのかよ！」

それでもニコニコ顔の兄さんは、頭をグリグリと撫《な》でてくれた。

兄さんの後ろにいたミランは、兄さんのグリグリが止まったタイミングで話しかけてきた。

「お嬢様、お時間があればでいいので、サボンを製作しておいてください」

「わ、わかったわ」

ミランはそつがない。それ、今言う？

「それでは、いってらっしゃいませ。道中お気をつけて」

私は一礼し、見えなくなるまで馬車を見送った。やっぱりちょっと寂しい。

城内へ戻ると、ケイトが慰めるようにそっと微笑んで声をかけてくれた。

「今日はお寂しいでしょうから、午前中の勉強はお休みして、私がピアノを演奏いたしましょう」

「やった～！」

思わずジャンプしてしまう。ケイトのピアノは本当に上手いの！

「おほんっ……お嬢様？」

「申し訳ございません。ふふふ。ほほほほほ」

ケイト先生、即座に笑顔でお怒りです。私は習いたての話し方で誤魔化《ごまか》そうとした。


午前の演奏会が終わり、午後からはロダンとサボン作りをした。

結局、オリブ油は食器・掃除専用のサボンには入れないことになった。入れずにコストを抑えた分、体洗い用よりサイズを大きくしようとのこと。想定される使用頻度を考えたらこっちのほうが良いんだって。

サボン作りを終えて空を見ると、若干オレンジがかっているが、まだ陽は出ている。

「お嬢様、本日はまだ時間がありますから、以前おっしゃっていた歯を磨く道具のお話をしていただけませんか？」

ロダンは忘れていなかったようだ。目がキラキラしている。

私が頷くと、ロダンは何やらお盆を持ってきて私の前に並べ出した。

「こちらはティースプーンに近い柄があるものを、城内から探してまいりました」

並べられたものは左から、羽ペン、ティースプーン、食事用スプーン、マドラー、ペーパーナイフ、編み棒。本当に色々持ってきたわね。

「そうね〜、たぶん羽ペンぐらいの太さで、マドラーぐらいの長さのものがいいんじゃない？」

「他にも何かありましたら、ぜひおっしゃってください」

ロダンはぐいぐい来る。もしかして歯ブラシの構造が知りたいのかな？

「考えているのは、棒の先端に穴を指の太さくらいの間隔で二個開けるの。そこにとっても薄く切ったへちまんを巻きつけて糸で穴に縫い付けるの」

「糸ですか？」

ロダンは糊みたいなもので接着すると思っていたらしい。

「そう。そうすれば先のへちまんが磨いてるときに外れないと思うし、簡単に交換できるでしょ？

そうしたら柄の部分は使いまわせるから、平民でも使えそうじゃない？」

「そうですね。いい考えです。まだありますよね？」

エスパーかよ、とちょっと顔をひくつかせていると、ロダンは満面の笑みを浮かべた。

「わかりますよ、お顔を見ていれば。表情が豊かになったのでお察ししやすくなりました」

「えへへ、なんだか恥ずかしいわね。えっと貴族用はこの柄の部分を特注にするの。陶器や貴金属で加工して模様なんか入れて……各家の紋章なんかいいかも。見栄えを良くするのもあるけど、領の鍛冶《かじ》屋とか食器屋さんが儲かりそうじゃない？」

ロダンは納得したかのようにポンと手を打つ。

「たしかに差別化を図れますね！　それに上品ですから裕福な貴族の方にはそちらのほうが良いかと。貴族は服などをオーダーメイドしますから」

私は知らないんだけど、さすが裕福な貴族は既製品を使わないんだ。

「あと、裕福じゃない貴族には木で作って色を塗ればいいと思うの。それだとちょっと特別感があるしオシャレでしょ。平民用は木の質を下げて何も塗らないの。どうかな？」

私は首を傾げてロダンを見上げる。

前世あるあるチートなら「馬の毛なんかを加工して～」とかやるんだろうけど、知識が乏しい私にはハードルが高い。どうせなら手を伸ばせる範囲で新しいものを作ろう。

そして思いついたのが、三百六十度洗える歯ブラシというわけ。

「ええ、そうしましょう……具体的に話が進むどころか、終わってしまいましたね。ところでこちらも名前はどうしましょう……お嬢様何か案はありますか？」

「また私？」

えっ今決めちゃうの？　ぅ～ん。……歯ブラシ？　ブラシはこっちにはないか。歯を磨く道具……へちまんと歯……ハチマン……ない。これはない。

「うーん……歯磨き棒とかは？」

そのまんまだけど、サボンに決めたときもわかりやすいほうがいいって言ってたし。

「では、そうしましょうか」

ロダンはあっさりＯＫを出した。いいの？　歯磨き棒だよ？

ま、いいか。というか歯ブラシ改め歯磨き棒があるなら、あれも必要よね‼

「ねぇロダン、また実験がしたいんだけど」

「また、何か新しいものを思いつきましたか！」

おずおずと告げる私に、ロダンはびっくりしながら答える。目玉が飛び出してきそうだ。

「ううん、今回は新しいものじゃなくてサボンの延長のようなものよ。貴族用の香りとかは一旦止めて、それとはまた違うものを考えているの」

あのね、と言いかけたとき、テラスにケイトがやってきた。手にはミーカと蜂蜜、塩の瓶がある。

「お嬢様、ジャックよりこちらを預かって参りました」

「ありがとう。ちょうど必要だったの」

ジャックに追加でお願いしていたブツが届いた。すると、ケイトがミーカを剥《む》き出したので慌てて止める。

「違うの、私が食べるんじゃないのよ」

ケイトは手を止めて首を捻る。しかし、できる侍女はすでに三個剥《む》いてしまっていた。

「これは実験に使うのよ。ケイトも見て――あっ」

いつものノリで話して、手で口を押さえたときには遅かった。そうだこれ、内緒だったんだ……

私はゆっくりロダンに視線を移した。

「ロダン、ごめんなさい」

「……いいでしょう。ケイトはお嬢様に深く関わっておりますし、いずれはこの城に勤める者には言わなくてはいけませんから」

「……なるほど？　ひとまず口外しないように、ということはわかりました」

本当にポロっと出てしまった。ケイトが口の堅い侍女で良かった。

「では、改めてさっきの続きね。サボンを使って歯の汚れを落とすものを作りたいと思って。食器用ができたんだから、歯専用のサボンもあったらいいな～って」

「お嬢様！　お言葉遣いが」

不意打ちでケイト先生の注意を受けてしまった。

「ま～、ケイト、今はよろしいでしょう。それにしても歯専用のサボン……ですか？」

理解が追いついていないようで、やんわりとフォローしてくれつつもロダンは混乱している様子だ。そもそも口にシャボンの実を入れるという発想がなかったんだろう。

「口に入れるとなると、安全性など色々考えることが多いですね……」

「そうなのよ。そこが問題なのよね。シャボンの実って体への影響はどうなのかしら……」

やっぱりそこよね……と、ロダンと私は悩む。さすがにシャボンの実は食べたことないし……

「あの、恐れながら」

考え込んでいると、ケイトがおずおずと話題に入ってきた。

「私の実家はシャボンの実の生産地にあるのですが、よく家畜が誤って食べたりしていました。しかし、お腹を壊したり死んだりした家畜はいなかったので、人間にも害はないかと思われます」

お、ここでなんと良い知らせ！　しかしケイトは「ただ……」と顔を赤くして言い淀んだ。

「ケイト？　どうしたの？」

「はい、シャボンの実は大層苦いそうです。お恥ずかしいのですが、うちの父が家畜を真似て舐めたことがあるそうなのです。その後、もちろん父の体にも変化はありませんでしたが」

ケイトは自分で言っておきながら、ちょっとモジモジしている。恥ずかしいんだね。

それにしても、苦いのか〜。でもナイス、ケイト父。思わぬ収穫だ。マウス実験ならぬ家畜実験の証明があるじゃん。これ、いけそうじゃない？

「苦さの程度にもよるけど、なんとかなるんじゃない？」

「そこまでお考えですか⁉」

ロダンはもうビックリするのがお決まりの流れになってきたな。

「うん。口に入るから、甘かったらいいんじゃないかなって。だから蜂蜜で苦さを打ち消せばいいのよ」

私の胸を張った解決策に「なるほど」と一同はケイトが持ってきた蜂蜜を見る。

「では、このまま作ってしまいましょうか。材料も器具もありますし」

「私も見学してよろしいのでしょうか？　それとも席を外したほうがよろしいでしょうか？」

ケイトは参加したいのかな？　さっき思い切って発言してくれたもんね。興味があるのかな？

「どちらでもいいわよ。もしよければ手伝ってほしいのだけど」

「かしこまりました。私もお手伝いをさせていただきます。よろしくお願いします」

にっこりしてそう言うと、早速ケイトはテキパキと準備を進めるロダンの手伝いを始める。やがて準備が整うと、改めて私が指示することになった。

「では、歯を磨く用のサボンを試作したいと思います。まずシャボンの中身を少し舐めてどの程度の苦さか確認しましょう」

ロダンがシャボンの実の中身を、少しずつ取り分け各々の掌へ乗せていく。

それをぺろっと舐めてみる。若干苦さが和らいだゴーヤみたいな味だわ。

「ん……思ったより苦いわね。でも我慢できないわけじゃないわ」

「たしかに苦いですね。しかし、想像の範囲内ではあります」

ふうと安堵の息をつく私とロダンに対して、ケイトは無言のまま。

「ケイトも何かあれば、遠慮なく言ってね」

「……よろしいのでしょうか？」

ま～普通はそうだよね。特に真面目なケイトは主人に意見しにくいかな？

「もちろん。実験中は、上下関係なく忌憚《きたん》のない意見を交わしたいわ」

許しを得たケイトは、一息ついてから微《かす》かに眉間に皺《しわ》を寄せた。

「苦味自体は我慢できる範囲ですが、毎日苦いのを承知で口に入れるでしょうか？　それに事前に苦いと知っていたからこそ今は我慢できているのかなと。毎日使うものであれば、苦味は消し去ったほうがいいかと思われます」

そっか、そうだよね。私は歯がピカピカになるであろうことを知っているから苦味を我慢できるのであって、興味がない人はわざわざ自分から苦い思いはしないってことか。

おっしゃる通りです。ケイト先生。しかし一方で、ロダンからは珍しく実験前から反対意見が出た。

「つまり、たくさんの蜂蜜で甘くするということでしょうか。となると、少し考えなくてはなりません」

「どうしたの？　何か引っかかるのかしら？」

「はい。蜂蜜はたしかに甘くこの苦味を打ち消せるかもしれませんが、高価なので量産には向いていません」

えっ？　蜂蜜ってそんなに高いの!?　ちょっと高いだけだと思ってた……

「サボン作りには向かないほど高い？」

「この小さな一瓶で二千Dなので、とんでもなく原価が跳ね上がります。裕福な貴族限定とするならばできないこともないでしょうが」

「そう……平民用には向かないのね」

しまった。のっけからつまずいてしまった。苦味をなくす方法……う～ん。

「しまった、想定していなかったわ。じゃあどの甘味を入れるか、というよりは、どう苦味を抑えるかを先に考えないといけないのね」

「そうなると、砂糖も原価が高くなるのでダメですね」

ケイトはロダンへ確認している。砂糖もダメか……。仕方ないけど、そしたらこの場で何を試しても意味がないわね。私は気持ちを切り替えて、二人に交互に視線をやった。

「じゃあ実験は一旦保留にしましょう。せっかく準備してくれたけど、ごめんなさいね」

「いえ」とロダンは言っているが、あからさまに残念そうだ。残念がっているロダンがよほど気の毒に映ったのか、ケイトが案を出してきた。

「お嬢様、今ここにある蜂蜜なら使用してもいいのでは？　先に歯専用のサボンをお嬢様用に作られてはいかがですか？」

「いえ、それじゃぁダメなのよ。たしかにできるでしょうけど、平民でも気軽に使えるようにしたいのよ。今後の課題として考えないと」

だって、この領をなんとかするための発明だもん。私一人が良い気分になったところで、ねぇ？

そう思っての発言だったのだけれど、急にケイトが「お嬢様！」と言って目尻を拭い始めた。

……な、なんだ、どうしたの……？

「平民のために新商品を考えるとはなんて素晴らしいのでしょう！　平民の間で流行《はや》り出すのはいつも貴族のあとですから。先に平民とは……お心が情に満ちた方なんですね」

ケイトはプルプル震えていて、感動しているようだ。そう大層なことじゃないのに……ケイトの中の私が変なことになっている。前世の主婦根性なだけなの。本来の自分とケイトの中の自分の差が激しくなればなるほど、この反応はつらくなるから、やめて～！

「そんな、大したことじゃないのよ。ケイト。大袈裟にしないでね。じゃ、今日はこれで終わりね」

ケイトの脳内をどうにかして元に戻したい。そう思っての解散宣言だったがロダンから追撃が入った。

「ケイト、お嬢様のことを今更認知したのですか？」

「ロ、ロダン。冗談よね。私はそんな崇高な人間じゃないわ。ロダンが一番知っているじゃない？」

マジ勘弁してほしい。心根が～とか、貴族のなんたらオブリージュが～とか……やめて。平凡な女の子で、ただちょっとアイデアマンなだけって感じにして。

「ご冗談を。こんな大発明をされた方が何をおっしゃっているのやら。現に、へちまんは原価がタダに近いですから平民でも購入できるでしょう。サボンに関しては、貴族用より先に野草を使用したものができています。過度な謙遜は美徳になりませんよ。お嬢様」

ロダンはニコニコしながら「ささ、お部屋に戻りましょう」と私を部屋へ促す。

ケイトと共に部屋へ戻るが足取りが重い。ちらちらとケイトを見やるが、ニコニコと微笑むだけでまるでわかっていない。

「お嬢様、何やら落ち込んでいるご様子ですから、気分転換にお茶になさいますか？」

「そ、そうね。お願いするわ」

かしこまりました、と言い、ケイトは私の部屋でご機嫌に紅茶をサーブする。良い香りの紅茶が目の前のテーブルに置かれると、「少し、一人で考えたいの」とケイトに言って退出してもらった。

……は～、私のイメージが一人歩きしている。恐いな。見た目と噂が合わなくなると、初対面のときに「思ってたより、普通」とか「これ？」とか言われるから嫌なんだよなぁ……

うーむ、とぐるぐると悩みながらソファで目を瞑る。あとは苦味の解決策を……と思っていたが、実験で疲れていたようでいつのまにか寝てしまった。

夕食の時間にケイトが呼びに来るまで、その体勢だったみたいで、私は首を寝違えた。

ケイトは「お嬢様！　大丈夫ですか！」と顔色を悪くして、今にもお医者様を呼ぶ勢いだ。

「大丈夫よ……いえ、大丈夫ではないわね。ただ寝違えたみたいだから、夕食前にマッサージをお願いしてもいいかしら？　医者はいらないわ」

その後マッサージによって首の痛みが軽くなったので、食堂へ下り、少し遅めの夕食をとった。

……寂しい。独りきりで食べる夕食。初めてだな。こんなにも寂しいんだね。

両親が他界したあとも兄がいたからここまで寂しくはなかったが、今は本当に泣けてきちゃう。あんな何も考えてなさそうな兄でも、早く帰ってきてほしいと切に思う。夕食が終わって、今日はもう寝るとケイトへ伝えた。寝違えている首もまだジンジンするし。

そしてベッドの中で考える。

歯専用のサボンまでサクサクチートできるかと思ったけど、ダメだったな。今までが、タイミングと運が良すぎたのかも。これもまた一つ勉強ということね。それにしても、蜂蜜と砂糖は平民用には高い。そうなると、自然のもの……とは言っても、甘いもので手軽なのって限られるわよね……

うん、考えてもわからないから今日はここまで。私は早々に目を閉じて眠ることにした。


翌日から私の頭の中は『安くて甘いものは何か？』でいっぱいになってしまった。

午前中の勉強の時間も、気づけばぐるぐると答えを考え求めてしまう。

「勉強中ですよ、お嬢様。気もそぞろになっています」

どうやら外からも丸わかりのようで、ケイト先生に怒られちゃったよ……しょぼん。

それから数日は、午前は勉強、午後はケイトと本や文献で調べたり、ジャックを交えて、苦味を抑えられるものや、甘くなるものはないか……など話し合ったりした。

そんなある日。ロダンが朝食に『ミーカジュース』を出してきた。

「本日はミルクではなくミーカジュースとなります。実はミーカが余ってしまいまして」

ロダンは空いている時間にサボンを製作しているようで、ミーカの中身だけが日々増えているらしい。どんだけ、サボン作りにハマってるの……ふふふ。

「気にしないで。いくらでも協力するわ」

前世でもみかんジュースはよく飲んでいたし、特にミーカジュースに苦手意識はないので、快く協力する。ごくんと一口飲んだ瞬間、思わず目を見開いてしまった。

「すごく甘いわ！　ミーカってこんなに濃厚な味なのね。これなら毎日でもよろしくってよ」

ロダンは「そこまでですか」と苦笑い。でも助かりますと言ってくれた。

とそこで、私はひらめいてしまった。そうよ、これだわ！　私って天才じゃ～ん！

「ロダン！　今日は午前の勉強を休みたいわ。思いついちゃったの！」

私はひらめいた勢いのまま、ロダンに「あなたは最高よ！」と飛びつく。

「お嬢様、はしたないですよ。ですが、思いついたとは何のことでしょう？」

ロダンは注意しながらも、私の発した『思いついた』のフレーズに目がキラキラしている。

「ふふふ、ロダンのおかげね。あの歯を磨くサボンの苦味対策よ！」

「……私は何もしていませんが？」

ロダンは私の感謝の言葉を受けて疑問の表情だ。私はテーブルに置いていたグラスを手に取った。

「このミーカジュースよ。サボンの香りの素材の代わりにミーカの実の汁を入れるのよ」

まだ試作してみないとわからないけど、上手くいくんじゃない？　ここ数日、頭を悩ませ続けていたからとっても嬉しい発見だ。こうしてはいられない、早速試作品作りをしないと。

「ケイト、ごめんなさい。今日は予定を変更するわ」

「よろしいですよ。私も問題解決を早急にしてほしいですし」

ケイト先生は、勉強中気もそぞろな私にヤキモキしていたみたいです。でもこれでその問題も解決できるかも！

早速、ロダンに準備を言付け、試作品作りだ！　よし、やるぞ～！


いそいそとテラスへ向かった私たちは早速試作品作りとまいります。

メンバーは私とケイト、ミラー、ロダンの四人。

「では早速、五種類ほど甘味の量を変えて試作しましょう」

サボンの材料を用意してもらいつつ、以前用意してもらった塩も持ってきてもらった。

「お口に入れるのですから、シャボンの実の中身は少なめのほうがいいんじゃないでしょうか？」

ワクワクと器具を手に取る私に、ロダンはそっと提案してくる。そうよね、歯磨き粉としての泡立ちは欲しいけど、泡立ちすぎても良くないわよね。

「そうね、では、シャボンの実の数も変えて三種類ぐらい作ってみましょうか」

「かしこまりました。ではミラーとケイト、余っていたミーカの実を全て絞ってきてください」

ロダンの号令でそれぞれ動き出す。ロダンも木枠の追加分を取りに行った。私はみんなが戻る間にレシピを考える。

ミーカジュースの入れ方に……あとは『塩』だよね。少しでいいから入れてみたい。前世で塩は歯茎にいいと聞いたことがある。塩《しょ》っぱくならないように気をつける必要はあるけど。

「では、お嬢様、用意が整いましたのでやってみましょう」

お決まりのようにミラーがヤシシ油を溶かしてくる。

まずはシャボンの実を五個使って試作してみることにした。

ミーカジュースの量は、ほんのちょっと入れたものからたくさん入れたものまで五種類。さらに私は、みんなで材料を混ぜている五つの木枠に、塩をひと匙ずつ入れていく。

「お嬢様、なぜ塩を入れるのでしょうか？　サボンのときは入れなかったような……。せっかく甘味が見つかったのに塩《しょ》っぱくなってしまうのでは？」

ロダンはすかさず突っ込んでくる。ここはスルーしてくれるかな～と思ったんだけど。

「この間見た文献で、塩は歯茎に良いと書いてあったの」

実際、塩にはミネラル成分とスクラブ効果があったはず。量はちょっとでも、ないよりはいいと思うんだけど……とりあえずさらっと言い訳を捏造してみた。

ロダンは「ふむ、なるほど」と言ってスルーしてくれた。助かった……これ以上突っ込まないでいてくれて。前世の知識だからどう説明していいのかわからないし。

やがて第一弾の製作が終わり、あとは固めるのみ。その間にシャボンの実が三個の第二弾、一個の第三弾を作っていく。

みんなで木枠に入れた材料をグルグルかき混ぜる。しばらくして十五種類の試作品が完成した。

「お疲れ様です。それでは二時間ほど放置して固めましょう」

と、ロダンは紅茶を用意してくれる。

これでついに完成かな？　この数日間寝ても覚めてもずっと悩んでいた問題が解決しそうだよ。

私の気分はスッキリ爽快であるし、顔にも出まくっていたのだろう。

「お嬢様の問題が解決しそうで、私は嬉しゅうございます」

そんな私を見てケイト先生も晴れやかな顔だ。ははは、本当にご迷惑をおかけしました。

こうして談笑しているうちに二時間はあっという間に経過して、試作品の様子を見ることにする。

ツンツンと指でつついてみると、ぶよん、と弾力のある感触が返ってきた。

「……まだ固まりきれていないわね。液体を入れたからかしら？」

「ミーカジュースの量が少ないものはすでに固さがありますが……もう少し乾燥させましょう」

「残念ですがあと一時間ほど」というロダンの指示のもと、さらに乾燥させることになった。待ち遠しいね……あっ！

そういえばこのサボン、固まったらどうやって使うのがいいんだろ？

歯磨き棒を擦り付けると先っちょのへちまんがヘタレやすくなるし、手が濡れてしまう。簡単で手が濡れないが歯磨き棒の基本だもんね。

「皆、ちょっと相談なんだけど、ここにきて問題が出てきたわ」

「はて？」

「私もあとは固まり具合と、苦味の調節ぐらいしかないと思われますが？」

ロダンとケイトは「何が問題なのか？」と言わんばかりに片眉を上げている。

「あのね、サボンのように擦り付けて泡立てると手が濡れてしまうわ。それに、先っぽにつけてあるへちまんは薄くて小さいから、擦るとすぐにダメになってしまうと思うの」

そう言ったものの、二人の疑問顔はそのままで……何だか自信がなくなってきた。

とそこで、側でずっと黙って聞いていたミラーがボソッと話に入ってきた。

「お嬢様、砕けばいいんじゃないでしょうか？」

「そ、それよ！」

一同が塩ミラーに視線を向ける。ナイスアイデア、粉にするのね！

「いいわね！　粉状にすればちょんちょんと先っぽにつけて歯を磨けるわ！　理想的！」

つまりは固めたものを粉々にし、粉末状まではいかなくても粒状にするというわけだ。

塩ミラーなんて適当なあだ名つけてごめんね～。と心の中で謝る。このナイスアイデアに免じてあだ名をちょっと変えようかしら……


試作品が全て固まったのは翌朝のことだった。

固まったサボンは、ミーカジュースを入れた量に応じてグラデーションのようにミーカ色、つまりみかん色になっている。可愛い。

ケイトからお許しが出ているので今日も朝から実験だ。いやっほぃ！

「本日は、昨日の続きをします。さて、砕くところから始めるんだけど、量がかなりあるから一旦四分の一だけすり潰しましょうか」

私の指示で、ロダンとミラーは清潔な布で覆ったハンマーで試作品を砕き、私とケイトは砕いたものをすり粉木《こぎ》で潰していく。全て粉状にできたら、早速苦味チェックのお時間です。

私がぺろりと舐めようとした瞬間、ロダンが止めに入った。

「一応、問題はないとはいえ口に入るものです。まずは私が試してみます」

「あ、そう？」

私がお嬢様だからか……。その後ロダンはシャボンの実を五個、ミーカを一番多く入れた試作品を口に含む。その瞬間、凄まじい勢いで目を瞠《みは》った。

「すごい、苦味が全くありません！　ほんのり甘く、しかもミーカの風味がします！」

ロダンのびっくり顔につられ、各々が手を伸ばしてその試作品を口に含み始める。

すごい！　たしかに苦味はなくなって、ほんのりミーカの味がする！

「他はどうかしら？」

残りの種類の試作品も次々に試していく。シャボンの実が五個入ったもの以外はミーカ味に何かが混ざったような変な味になってしまっていた。

ほとんどミーカが入っていないものに関してはもはや苦く、完全にシャボンの実の味が勝っている。

「シャボンの実を五個入れたものについては、ミーカジュースをそれなりに入れないと口にできませんね」

それぞれを口にしたロダンは、ふむ、と一息つきながらそう結論づけた。

シャボンの実を三つ入れた第二弾は、ミーカジュースの量を減らしても苦くはなかったが、ぐっと少なくすると塩味が勝ってきた。

シャボンの実が一つだけの第三弾は、どれだけミーカジュースを減らしても甘いままだったけれど、やっぱり少し塩の風味が出てきて、甘じょっぱい。

皆で試作品を一通り試し終わったところで、ミラーがまたもやボソリと呟いた。

「私の味覚では、第二弾でミーカジュースを中程度入れたものがベストです」

ほうほう、さすがはプロの料理人。細かい味の違いがわかるんだね。

「では、次は泡立ちを確認してみましょう。まだ試作段階ですが、こちらを」

ロダンは歯磨き棒をみんなに渡す。すごい、ただ口頭で教えただけなのにもう試作品ができている。しかもアレンジされて木の棒の先が丸くなっている。

それじゃあ、と私は三人に歯磨きの仕方を教えた。

「先っぽのへちまんを少し濡らして、この粉をちょんちょんと付けてね。そしてへちまんと歯を平行にして全ての歯の表面と裏側を撫《な》でるように左右に動かしてみて。最後に口の中を念入りにゆすいで終わりよ」

「あ、お嬢様はこの実験はお控えくださいね」

ロダンとミラーにエアー歯磨きをしてみせていたら、ケイトにやんわりと止められた。どうやら男性の前で口を開けてシャカシャカなんていう品のない行為は実験でもダメらしい。

なんだよ〜、そこはいいじゃん。目を瞑ってよ〜。

「ダメです！」

つ〜んとして試作品を見ていたら、ケイト先生にダメ押しされた。

そして怒られている間に、ロダンは一通り実験を終えたみたいだ。早くない？

「掌で泡立たせて確認しただけですので」

彼が確認したところ、シャボン五個だと泡立ちすぎだが、一個では泡立ちがほとんどないので三個がベストとのこと。とそのとき、ミラーが試作品を口に入れてみようと言い出した。なんだかんだ楽しんでんじゃん、ミラー。

そこで、みんなで今までの結果を踏まえて残った候補を試すことになった。私は人前がダメなら、と自分の部屋でやることにする。誰も見ていないのをいいことに、部屋までダッシュです。

部屋に着くなり扉を閉めて、早速、歯磨き開始です！

ゴシゴシと歯を擦る感触が久々で、口の中が綺麗になっていって爽快！

前世での歯磨きを知っている身としてはやっぱりコレよね。泡立ちもちょうどいいし、何よりへちまんが痛くない！　へちまん、最高！　あなたに出会えて良かった！

一通り試作品を試してから、口の中をゆすぎ、再びダッシュでテラスへと戻る。

再び、テラスに集合した私たちは、それぞれの感想を出し合ってみた。

「一番ミーカジュースを多く入れたのは、まるでミーカを食べてるみたいだったわね。その半量のものがほんのりミーカ味で、私にはちょうど良かったわ」

「そうですね。お嬢様と同じく、ほんのり味のほうが私も良かったです。朝から口がミーカ味になりすぎるのも嫌ですし、これなら口をゆすいでもミーカの味は残りませんでしたわ」

「私もそれがいいです。早く商品化してほしいです。というか少しください」

ケイトとミラーも私の感想と同じようだ。やっぱり朝からミーカミーカすぎるのもね。

「私も半量のものがベストかと。コスト面でも安いほうがいいです。しかしお嬢様、これはとても心地好くなるものですね」

ロダンも大賛成のようだ。

ついにできたよ～！　苦味問題も無事クリア！

「一回の使用量も少ないですし、粉状なのでさほどかさばらないのがいいですね」

ロダンは早速、損得計算をし始めている。そしてふと笑顔で私を見た。

「こちらも名前を決めてしまいましょう」

「これも私が決めてしまっていいのかしら。……ところで、そのままではダメなのかしら？」

「そのままと言いますと？」

「歯磨き棒なんだから、歯磨きサボンってこと」

「歯磨きサボンですか……」

おっと、ロダンが考え込んだ。なんで今回はすんなりいかないの？　あまりネーミングセンスがなくて恥ずかしいんだから、ＯＫにしてよ～。

「ふむ、今回はサボンという名前は使わないようにしましょう。歯磨き用サボンの何かという風にしてください」

理由を聞くに、口に入れるものだし、体を洗ったり掃除したりするサボンとは別物感を出したい、と。ロダンがそう言うなら、考えてみますよ。

う～ん。ミーカサボン……は食器用だし、ミーカ粉……ミーカ色のサボンの粉……

そうだ。こっちの言葉じゃないけど、これなら良さそうじゃない？

「じゃあ、歯磨きサボンの『オランジュ』とか？」

「そのままでごめんなさい。フランス語のオレンジです。サボンもフランス語だからお揃いで！

「お嬢様、どのような意味でしょうか？」

単純に気になったのだろう。ケイトが由来を聞いてきた。困る。その質問は困るよ！

「い、いえ、別に意味はないの。パッと思いついた語感が良いものってだけなの」

お願い、これ以上は突っ込まないで！　と心の中で願っていたところ、無事ケイトは納得してくれたみたい。助かった〜！

あと、ロダンに「誰にも言わないので、これをください！」と言い寄っているミラーにびっくりだ。普段塩対応しか見ていないので、珍しいものを見ている感が半端ない。「口の中がリセットされて、スッキリして、料理がしやすいんです！」だって。料理人の鑑《かがみ》だね〜

結局ミラーは、ロダンが縦に首を振るまでそれから毎日言い続け、ロダンがついに折れた。

とはいえ、ミラーだけというのも不公平なので、城内の使用人に城内でのみの使用を条件に試作品を配った。もちろんレポートを提出させる予定だそう。ちゃっかりしてるわね。

加えて、ロダンはオランジュを入れる箱を試作していた。

これがまたよくできていて、掌サイズの木製の箱で蓋がスライド式になっているのだ。箱の側面には歯磨き棒を立てる穴が空いていた。これなら歯磨き棒とオランジュをセットで売れるだろうし、歯磨き棒を乾燥させるのにちょうどいい、とのこと。

というか、これ中身がなくなったらオランジュだけ販売とかできそうだよね。

それにしてもロダンがオランジュを解禁してから色々な人が歯磨きをしていて、私はみんなの反応を見聞きするのが楽しかったりする。

メイド三人衆は朝から鼻歌交じりだし、ローザに関してはご飯が前より美味《おい》しく感じるとウキウキだ。美味《おい》しいってテンション上がるよね。

「みんなが喜んでくれるのは嬉しいわね」

「ええ、お嬢様」

授業のときにポロっと感想をもらすと、ケイトはにっこり微笑んでくれた。そもそも真剣に授業に集中し始めた私に満足しているようだった。

そんな風に順風満帆に進みそうな歯磨きブームだったが、いつものように厨房へつまみ食――顔を出した時、ジャックの言葉で打開すべきハードルが現れた。

「あのオランジュなのですが、俺には何が入っているかわかってしまって後味が悪くて……。可能であればシャボンの実を少なくしたものを作っていただけないでしょうか……？」

もしかしてジャックってば絶対味覚の持ち主？　前世も含めて初めて会ったよ！

「要はオランジュがいらないんじゃなくて、改良してほしいってこと？」

「そうです。こんなお願いはおこがましいとは思うのですが、あのスッキリする感覚は一度体験すると手放せない反面、どうしても気になってしまって」

「ちなみに、何が入っているかわかるの？」

「はい。シャボンの実、ミーカ、ヤシシ……あとは塩でしょうか」

すごい！　ほんの少ししか入れてない塩までわかるんだ！

申し訳なさそうに佇《たたず》むジャックを見上げる。

「ジャックはシャボンの実の中身を食べたことがあるのかしら？」

「いえ。皿を洗っているときに、たまたま泡が口に入ったことがありまして。そのときに覚えました」

「……え、覚えた？」

「はい、一度口にしたものなら大抵は覚えています」

すごい、超人がここにいたよ！　何気にうちの使用人、レベル高くない？

「わかったわ。前回試作したときにシャボンの実を少なくしたものも作ったの。泡立ちがあまり良くなくて没にしちゃってたんだけど、それでもいいならロダンに言って分けてもらってちょうだい」

「わかりました。ありがとうございます！」

「その代わり、味が五種類あるから使い勝手とかを教えてほしいわ」

ジャックは目をきらめかせて、こくこくと頷く。よし、これで低刺激のお子様用やジャックみたいな敏感な人用も販売できる！　思わぬ収穫だぜ！

「それにしても、相談されたあのミーカがこんなことになるなんて。薦めて良かったです」

「ありがとう、ジャック。領のことを思ってくれて」

「いやいや、俺はお嬢様のためにと思っています。また、つまみ食いしに来てください」

ジャックは役に立てたと喜んでホクホク顔だ。

これで、今のところ、へちまん、体用サボン、食器・掃除用サボン、歯磨き棒、オランジュ二種類の六つを発明したことになる。歯磨き棒とオランジュは、今回のお爺様たちの王都行きに間に合わなかったからまだ城内から出せないけど、へちまんとサボン類はお爺様たちが特許を取りに行っているから、それが通れば今後どんどん量産して販売できるんだよね。

ちなみに、この商品の量産体制はロダンが取り仕切っていて、本格的に量産を始めるのは秋から冬にかけて、販売は来年からになるそうだ。

現段階では先行販売用の商品を、二ケ月後までに各百個を目標にして製作しているんだって。

いやあそれにしても、この一月ちょっとで展開が早い早い。

前世であった記憶を元にしているとはいえ、こんなに上手くいくとは思ってもみなかった。それもこれも、みんなのおかげなんだけどね。

あとは、これらが軌道に乗れば領の財政が良くなって領民の暮らしも良くなるし、いいこと尽くしじゃん。前世記憶が蘇って、本当に良かったよ！

お爺様に前世の記憶をどう説明しようか悩むところではあるけれど、もう何も誤魔化《ごまか》さずにそのまま全て話そうと思っている。

これってロダンにも言ったほうがいいのかな？　ロダンだけじゃなくて、ミランもケイトも薄々は何かを察していると思うんだ。特にロダンは、小さい頃から側にいたから、私の変化はわかっているはず。

でも、あえて聞かないその優しさが私には痛い。どう思っているんだろう。聞くのが怖いけど、聞いてみたい。ロダンはいつもニコニコ顔なので感情が読みにくいし。

悩みの種がなくなったと思ったら、別方面からひょいっと出てきてしまった。

あと三日もすれば、お爺様や兄さんが帰ってくる。お爺様に全て打ち明けるときに、助言を仰いでみようかな。

第三章

今日の午後にお爺様と兄さんが帰ってくるので、午前中の勉強はお休みになった。

午前中から落ち着かない私は、久しぶりにサボン作りをしようと温室を覗《のぞ》きに行った。いつの間にかできていた温室について以前ロダンに聞いたところ、昔から庭の隅にあった温室を掃除して、急遽小さいサボン工場を作ったんだとか。

温室の中に人影が一つあったので、私は扉をさっと開けて声をかけた。

「ロダン、私も手伝ってもいいかし……あれ？」

「ロダンは今不在ですよ。お嬢様が作業をされるのですか？」

作業していたのは、ロダンではなく雑用係のハンクだった。最近見ないと思っていたけど、サボン作りをしていたのね。

「ええ、落ち着かないから手を動かしていたくてね。いいかしら？」

ハンクは「公爵令嬢がサボン作りをするのか」と言いたげだ。

「ダメなら、見ているだけでもいいの」

と、上目遣いをしてみる。ふふふ。これで落ちないやつはいないぜ？　城内限定だけど……

ハンクは諦めたのか、椅子を用意してくれた。

「ハンク、作業しながらでいいのだけれど、聞いてもいいかしら？」

「私にわかることでしたら」

「ハンクは、サボンを使ったことはある？」

「はい。体用とオランジュをいただきました。あれはとってもいいですね。特に、体用のレンモバムは爽やかな香りなのでお気に入りです」

ハンクはにこやかに答えてくれる。ひとまず安心。

「他には試してみた？」

「はい。しかしローズマリやカモミは甘ったるくって。女性にはいいんでしょうが、私にはちょっと……それに、姉に取られてしまいました」

と、言い淀んでいる。そうか、やっぱり男性には爽やか系がウケるんだね〜。

「そうなの？　じゃあ、オランジュはどうかしら？」

「あれは口の中がさっぱりしていいですね。歯も簡単にピカピカになるし」

こちらも良い感想が聞けて良かった〜！

こうして使ってくれている消費者の意見は本当に参考になる。メイドの三人もお気に入りの香りは分かれていたし、そもそも私とロダンとでも好みは違うからね。

「ハンクは今後、サボン工場長とかになったりしてね。ノウハウがわかっているようだし」

「それもいいかもしれません。結構流れ作業が苦じゃないことがわかったんですよ。きちんと測ったりするのも実験のようで面白いですし、何よりいい香りがするので癒されます」

こなれた様子で作業しているハンクは楽しそうだ。ちなみに商品化するサボンは、私の目分量レシピではなくきちんと計り直されていた。さすが、ロダンね。

「ハンク、ありがとう。参考になったわ」

あまりハンクの邪魔をしてはいけないので、私は早々に温室を退出した。あ〜でも暇になってしまった。普通のお嬢様なら刺繍《ししゅう》や読書を始めるんだろうが、いかんせん私だ。

裏庭を歩いていると、ふと、吊るしてある長ウリが目に入った。

「もうこんなにシワシワになってる〜。あともう少しね〜」

干された長ウリをちょんちょんと突いてみる。もうすぐロンテーヌ領の短い夏が始まるし、これからこの辺りに大きな長ウリ畑ができる予定なのだ。未来の長ウリ畑を思い浮かべては、ニマニマしてしまうよ〜！

裏庭でニマニマしていると、ロダンが姿を現した。

「お嬢様、ご主人様がお帰りです」

「今、行きます」

予定より早く着いたようで、私を探しに来てくれたみたい。私はロダンとともにウキウキと早足でエントランスへ向かう。お爺様の姿が見えた途端、思わず抱きついてしまった。

「お爺様〜、お帰りなさ〜い！」

「ふぉっふぉっふぉっ、そんなに恋しかったのか？」

「お嬢様は、朝からソワソワしておいでしたから」

お爺様は少しお疲れのようだったが、目尻に皺《しわ》を寄せ喜んでくれた。

「お兄様もお帰りなさいませ」

「ただいまジェシー。良い子にしてたか？」

兄さんの久しぶりの頭グリグリにも、少し泣けてきた。

「では、少し休みたいから午後のお茶の時間にでも話をしようかの？」

お爺様は、このまま休まれるようだ。兄さんも旅の疲れを取りたいとのこと。そうだよね……

「見ない内に順調にお嬢様として成長してるみたいだな。ちゃんと王都土産を買ってきてあるから、楽しみにしてるんだぜ！」

しゅんとした私を、兄さんが慰めてくれた。

「もう、お兄様ったら！　でもやった～。ありがとう！」

冷やかされたけど、そんなの気にならない。ここ一ヶ月の寂しさに比べたら。

こうして私のテンションはいともたやすく復活した。

「では、お嬢様、お時間があるのであれば、このミランの話を聞いてくださいますか？」

お爺様と兄さんの代わりに、ミランが話し相手になってくれるようだ。

「あなたは疲れていないの？　従者だからって無理しなくていいのよ」

「いえ問題ございません。それにお嬢様にはちょうどお話がございます」

「わかったわ」

そう言いひとまず解散すると、私はサロンへと向かった。

私はサロンのソファで、ミランと向かい合っていた。ちなみに、私の後ろにはケイトがいる。

「早速ですが、私は王都で長ウリの申請と人材募集をしてまいりました。商品登録は領主様のお仕事ですから私はこちらに着手しておりました」

どうやらミランはお爺様の御付きをダンに任せて、別のことをしていたようだ。

「長ウリの申請の詳細ですが、長ウリはロンテーヌ領の地方農産物なので『長ウリ』として特許農産物に指定してもらいました」

ミランの言葉にはわからない単語が並ぶ。私の頭の中はハテナマーク一色だ。

「ごめんなさい。わからない単語が多くて……噛み砕いて教えてくれると嬉しいかも」

「あぁ、失礼しました。まず地方農産物とは、ある地方でしか栽培できない農作物のことです。しかし長ウリ自体は環境条件が揃えば他領でも育つと思われましたので、まずロンテーヌ領の農産物として登録したのです。さらに特許農産物とすることで、今後長ウリはロンテーヌ領でしか栽培できないものになり、乱獲や盗まれる心配がなくなりました」

「じゃあ、今後長ウリはうちの独占ってこと？」

「そうです。マイナーな農産物だったからか、すぐに申請は通りました。世に出回る前で良かったです。特許も取れて万々歳ですよ」

つまりミランは、代行でもできる農産物の登録をした、というわけね。へちまんやサボンは商品にあたるから、偽造防止のための契約とかあるらしく、領主が直接登録をしないといけないんだって。

「次に、へちまんやサボンの製作に伴う人材不足の懸念を見越して、王都のギルドに『移住民募集』の張り紙を出してきました」

「移住民？」

「そうです。お金を払って来てもらうより、領民になってもらったほうがこちらの手間やお金も省けますので。それに人を増やさないと、商品が売れたところで領は発展しませんから」

へ～、すごいな。数歩先を見据えてるんだね。

「でも、その者たちに移住のメリットはあるの？　引っ越しするにもお金がかかるでしょう？」

「もちろんです！」

と、ミランは得意顔で胸を張っている。

「今、私どもの領民はほぼ農民です。人口も少ないので土地も有り余っています。今回の募集には、『半年以内に移住する家族に限り土地を進呈』と書いておきました。数は少ないでしょうが人は集まりますよ」

「初回限定で土地をあげる、ってこと？」

おいおい、随分太っ腹な政策だな～。私の内心を感じ取ったようで、ミランは人差し指を立てて説明をし始めた。

「例えば、仮に大工が移住してくるとなると、我が領には大工がいないので事業を独占できます。これから発展していく街なので、建物はどんどん必要になり黙っていても仕事がやってくるというわけです。つまり、あとは住む所さえお膳立てすれば、こんな辺境でも来る者はいるはずなのです」

つまり、土地で釣って領民になってもらうのか。とはいっても、辺境というか超田舎だし本当に来るのかな？

ミランはその後も展望を話しながら上機嫌だ。

は～、へちまんがこんな大事《おおごと》になるとは……正直ついていけてない。

「まあ、募集をかけたばかりですからね。三年ぐらいで基盤ができれば上々です」

彼には未来が見えているんだろうね。元王城官僚だっただけはある。

「そこで、お嬢様にお話があるんです」

ミランのニコニコ顔が一転、真剣な表情へと変貌し、本題を切り出した。

「話？　他に何かあるのかしら？」

「はい。お嬢様が以前、ロダンに領民登録の話をされたのを覚えていますか？」

「ええ、領民の名前や年、家族構成、住所を把握したらいいんじゃないかって言ったことよね」

どうやら彼は王都までの道中で、領地改革についてお爺様と話をしていたときに聞いたらしい。

「そうです。それを領民が増える前に始めたいと考えているのですが、その前にお嬢様にお聞きしたいことがございます」

ん？　これ以上あるの？

「領民の住んでいるところは、どのように登録するのでしょう？」

どのように登録って……え、そもそもこっちの世界って住所の概念ないの？

「今って誰がどこに住んでいるのか、わからないの？」

「わかりませんね。そもそも平民の住む場所に名前はありません」

「あら、そうなの……そしたら作ればいいんじゃない？　集落毎に名前をつけて集落の入り口に表札でも立てたりすれば、わかりやすいと思うわ」

名前ですか……とミランは考え込む。あれ、そんなに難しいことじゃないと思うんだけど。

そもそも住所の概念がないから、思いつかないのかな？　う～ん、これはもう一気に話してしまおう。うん。前世のざっくりした知識だけど言ったほうがいいね。

「ただ思いついただけだから参考までに聞いてほしいんだけど、個人の家族構成とか誕生日をこっちで把握しておくの。さらに、その人が住んでいる場所の辺りに名前をつけて、住んでいる家に数字を割り振るのよ。そうすれば住所と名前だけでどこの誰かわかるって仕組み」

「なるほど……ふーむ」

「そのあとは赤ちゃんが生まれたり、家を引っ越したりするたびに情報を更新させるの。もちろん死亡した場合も同じ。結婚や離縁した場合も登録を義務付けるの。そうすれば住民の移動がわかるでしょ？」

ミランは話を聞きながら眉間に皺《しわ》を寄せて、机を見つめている。完全にお仕事モードに入っている。まぁ領政の話だからしょうがないんだけどね。

「ミラン聞いてる？　続けるわよ？」

ミランは同じ姿勢のまま手だけで「どうぞ」と伝えてきた。

「さらに領とその地域との連携を円滑にするために、地域のリーダーを作るといいと思うの。役所の人だけじゃ把握しきれない部分も出てくるでしょうし、役所の人の顔馴染《なじ》みが優遇されるってこともなくなると思うわ。以上よ」

一気に話したので喉がカラカラだ。緊張のせいもあるかな。は〜、紅茶が美味《おい》しい。

ミランは鬼の形相で大量の紙に先ほどの話を書き殴っている。

「つまり……これらの情報を領主が持っていると、領民の個人情報や領民の数や税収も管理できるんですね」

「管理って……でもそうなるのかしら。領民にとってもメリットがあれば、皆協力してくれるんじゃないかしら？」

書き殴っていたミランがパッと顔を上げる。何やらご不満な様子だ。

「平民に得ですか？　いりますか？」

「いるわよ、これ個人情報よ。悪用されるデメリットが領民側にはあるのだから、我々は秘密保護を徹底してメリットを示さないと、納得しないんじゃないかしら？」

「平民にデメリットねぇ。そうですね……」

ミランはまだ腑に落ちない様子。こちらの世界は階級社会だからなぁ。下位階級に手厚い保障やなんやらは納得できないのかな？

「もう、ミラン！　平民も同じ人間よ。それに一方的に管理したって幸せにならないわ。私の言ってることが貴族らしからぬことだとはわかるけど……」

「しかし、お嬢様。平民を管理するのにこちらが気を遣うなど前代未聞です」

「気を遣う程度で貴族が躊躇《ちゅうちょ》してどうするのよ。そもそも領は平民がいてこそ——いえ、この話はまた今度にしましょ。今は領民登録についてよ」

「……そうですね」

ミランは視線で私をじっと射貫《いぬ》く。きっと譲れないプライドみたいなのがあるかもしれないわね。

「さて続きだけど、その個人情報を領主にくれたら登録手形をあげるの。偽造防止対策をきちんとする必要はあるんだけど、そこに名前とか住んでいるところ、誕生日を書いておくの。それで、その手形を見せて税を納めたり、買い物をしたりするのよ」

「お互いに登録情報を持っておくと？」

「えぇ。こっちが勝手に書き換えなくて済むし、領民側も忘れなくて済むでしょう？」

「我々、管理側の不正も防げるのか……」

「別に官僚たちを疑うわけじゃないけど、邪《よこしま》な心を持った者がいないとも限らないじゃない」

じっとミランが見つめてくる。なんだか居心地が悪くなってきて、私はさっさと次の話へ進むことにした。

「さっきの買い物の話だけど、手形を持つ領民には一割安くするとかはどう？　安くするのが難しいのであれば、持ってない人には一割り増しの値段で買い物をさせるとか」

どうよ、この登録制度。ただただ把握するのが目的ではあるんだけど、これなら領民からはそんなに不満も出ないだろう。

「……わかりました」

ミランはまだ私をじっと見つめたままだ。え～、目が怖いんですけど……

「他に、領政で気になる点はございますか？　何でもよろしいですので」

う～ん。言ってもいいのか、迷うな。だって怖いんだもんミランの目。それに前世では当たり前のことを、こちらの当たり前にしてもいいものなのか。

「あるにはあるけど、レポートとかきちんとしたものはないわよ。頭の中で想像しているだけだから。上手くいくかどうかもわからないし。現にお金がかかるから無理だと思うわ」

ちょっとだけ出し惜しみしてみる。それに前世チートとはいえ私の知識を超えてしまうと、収拾がつかなくなってしまうからね。

「お金の話は置いておいていいです。なので、今思っていることを洗いざらいお願いします」

洗いざらいって……何なんだよ。マジ怖。

でも、ミランがそこまで真剣に言うなら仕方ないわね。私は「わかったわ」と再び話し始めた。

「まずは領民学校ね。読み書き、計算、歴史あたりを一定の年齢の子供に教えて領民の知識を平均化するの。今は家で教えてるみたいだけどそれが難しい家も多いと思うし」

どう？　とミランを恐る恐る覗《のぞ》き見る。

「続けてください」

淡々とそう告げたミランは、座っている膝の上で両手を組んで俯《うつむ》いている。

「じゃぁ次は、領民に冬の作業として、香りの粉を製造させたり、へちまんを作ってもらったりするの。歯磨き棒の柄の部分とかもいいわね。あとは、人が増えるのであれば、領の名物料理も欲しいし、食べ物屋さんもたくさん欲しいわ。あとは、領の服が欲しいの」

「領の服ですか？」

ミランはようやく顔を上げたと思ったら何やらびっくりしている。

まあ、知識の大事さとか、農作ができない冬の過ごし方とかは考えていたのかもね。名物料理は人が増えたらそのうち黙っててもでてきそうだし。

「そう、もうこれはただの私のわがままよ！　領民にロンテーヌ領のオリジナルデザインの服を着てもらえば、それだけで観光の目玉とかになりそうじゃない？　デザインは一般的なものからガラッと変えて、おしゃれにしたいのよ！　私が率先して着れば、みんなも着てくれるかもしれないわ！」

ミランの頭の中はハテナのオンパレードのようだ。口がポカンと開いている。

「平民用のデザインの服を貴族のお嬢様が着るのですか？」

「うん。私のは飾りを多くしたり布の質を変えたりすればいいのよ。領内限定だし他領にはバレないと思うわ。というか私ね、コルセットとか嫌なの」

そう、それっぽいことを言ってはいるけど、ただ単に、動きやすくて可愛い格好がしたいだけなのだ。でも、これは諦めている……お嬢様だから……ぐすん。

私は勢い余ってミランに促されるまま全部ぶちまけた。

「細かいことや出てくる問題への改善策は全然思いついていないわ。ただの夢よ」

そう補足して、一旦演説は終了する。

ふ～。前世あるあるを一気に言ってしまった。よくあるチートだけど、ま～できたらラッキーぐらいに思っておこう。それにしても、ベタだけど、胸が踊るわよね。

「わかりました。お嬢様は常々領民、平民のことを考えていらっしゃるようですね。領政に関しての洞察力と領民への慈愛、感服いたしました」

「そ、そこまで大層なものじゃないんだけど……」

ミランはパンッと手を打ちニヤッと微笑む。

「お嬢様のおっしゃる通りです。しかし、先ほどのご意見は先立つものがないとできないものが多いので、一旦ミランに預けてもらってもいいでしょうか？」

「預けるも何も、ただの思いつきよ。良くなるのであれば使ってくれて構わないわ。何かあればその都度、聞いてくれればいいし。でも参加したいから実行するときに声はかけてね」

女である私が領政に参加するというのもややこしそうなので、結果だけ教えてほしいとミランに丸投げだ。

「わかりました。おそらくへちまん事業が落ち着いてからになるでしょうが」

「無理しないでね。私もそんな早く実現するとは思ってはいないから」

やんわりと、思いつきだからねと念を押す。は～、しかし緊張した。

途中のミランの真剣すぎる顔、焦るよ。ふ～、と私が脱力していると、ミランもここでやっと紅茶に口をつけた。てか、それ冷めてるんじゃない？

「……淹《い》れ直しましょう」

そういえば、今の今までケイトの存在を忘れていた。

恐る恐る、ケイトを見る。いつものケイトだけど、大丈夫かな？　こんな知識をたかだか十四歳がひけらかしたのに……百面相している私を余所《よそ》に、ミランはさらに色々なことを聞いてくる。

「先ほどの地域の名前ですが、何かいい案はございませんか？」

「へ？　そうねぇ……ロダンが以前、香りの草を種類ごとに各集落に植えさせたと言っていたわ。だからミトンが生えているところは『ミトン村』とかにすればわかりやすいかなって。今後集落が増えれば、『ミトン村A』とか『ミトン村B』とかにするのよ」

「それは簡単でいいですね。領民にもすぐ馴染《なじ》むでしょう。ご主人様に進言しておきます」

えらくあっさりだな。まぁ、いいか。ミランは解決できてなんだか嬉しそうだ。

「あと、申し訳ございませんが、手形は紙ですか？」

「紙にこだわらなくてもいいんじゃない？　用途や使用頻度を考えると頑丈なほうがいいと思う。いっそネックレスにしたら、なくしにくくていいんじゃない？」

前世での、海外の軍隊で首に下げてたやつっぽいの。かっこいいじゃん、アレ。

「ネックレスで紛失防止ですか……いいですが少し考えます。コストの関係もございますので」

と、ミランはまたメモしている。一通り書き終えたミランは晴れやかな顔で一礼した。

「本日は、ありがとうございました。とても有意義な時間になりました。お嬢様とは、今後も定期的にお話し合いをしとうございます」

嫌な誘いを受けたな〜。私はあくまで『これいいんじゃね？』ぐらいがいいんだけど。その後の難しいことはミランたちでお願いします。

「うーん、時間が合えば？」

私の返答に、ミランはにっこりして退室していった。

私もなんだかいたたまれなくなってしまったので、おかわりの紅茶を飲み干してそそくさと自室へ退散した。いやしかし、濃い話し合いだったな。お爺様じゃないけど、疲れちゃった。

私は昼食を部屋で取り、お茶の時間までお昼寝をすることにした。お爺様とお話しする時間までに頭をリセットさせなきゃ！


午後のお茶の時間。サロンにはお爺様と兄さん、私、ロダン、ミランが集まった。

「お爺様、改めてお帰りなさいませ。一人がこんなにも寂しいとは思いませんでした」

「そうか、ジェシーは一人きりになったことはなかったか。それは可哀想なことをしたな」

お爺様は疲れが取れたようで、だいぶ顔色が良くなっていた。

「早速じゃが、ロダン、皆に報告を」

かしこまりました、とミランが今回の王都での話を総括してくれた。

「まず特産品であるへちまんとサボンの製法の特許を、商品登録とともに無事済ませました。特許期間の五年は我が領で独占できますので、早速大量生産を始めましょう。あわせて香りの原材料の製法も特許を取りました。こちらも五年です。五年が過ぎれば後に続くものが出てくるでしょうが、それまでにブランドを立ち上げ地盤を固めれば『元祖』という強みができます」

ミランが「ここまでで、何か質問はございますか？」と聞いてきたが、特にないので皆で首を横に振る。

「では続けます。次に、今後の運営で人手不足が懸念されましたので、人材募集とともに人員をスカウトしてまいりました。城内に六人ほど使用人が増えます。いずれも、今後のロンテーヌ領の発展に必要不可欠な者たちです。およそ一ヶ月後に領へやってくる予定です」

「いいかしら？　それは、どのような方たちなの？」

「はい。そうですね。ご主人様とカイ様は王都にて対面済みですから、お嬢様だけがご存知ないですね。簡単に説明しますね」

「お願いするわ」

「まず騎士が二人。主に護衛と領内の自警団の設立に携《たずさ》わる予定です。次は侍女。この者はお嬢様の王都行きで不自由がないように王都についていく者です。加えて研究者もおります。長ウリの保護や改良、領地の整備を担当していただきます。最後に魔法使い。この者は護衛にも役立ちますし、領地改革で補助的な役割を担うと思います。魔法使いに関しては、自薦でしたので、あまり使い道を考えてはいませんでしたが……」

えっ、こんなド田舎に自薦？　変わった人ね〜。

「皆さん、こんな急なお話なのによく決心されたのね。ご家族は大丈夫なのかしら」

「何でもミランの知り合いばかりらしいぞ！　俺は王都で会ったけど、みんな気さくな感じで印象は良かったぞ」

「そう……ミランの知人なら安心ね」

ミランの友達……いや、なんか不安かも。キャラが濃くなければいいけど。

「なんじゃジェシー、人見知りか？　今後のことを考えるとどうしても人材確保は急務じゃて。それ以外にあともう一人、ロダンの下につく従者が増える。今後従者はもっと増えるじゃろう。内政が立て込んできたら、もっと増えるからの〜、領官僚になるかもしれんな」

領官僚？　王都の王宮で働く城官僚みたいなのかな？

「今までウチは大した仕事がなかったから、内政は自身の家令や従者でこと足りておったのじゃ。しかし、へちまん事業とサボン事業だけでも、今は人が足りない状態じゃ。チャンスは五年しかないからの、今人材確保に金子《きんす》を出し渋ってはいかんと思ったんじゃ」

お爺様は「人が増えて慌ただしくなるが我慢するように」と周りに伝える。

そっか、やっぱりウチは人が少なかったんだね。今後は公爵家に見合う人がどんどん入ってくるんだろうね。まずは、一ヶ月後に来る人たちが待ち遠しい。

「俺は、元騎士団員の二人とやらに早く来てほしいよ。稽古をつけてもらえるかもしれないし」

兄さんが一番るんるんしている。私も研究者さんに会ってみたいなぁ。

「最後に、カイ様は学校の第二タームより復学される予定です。今回の復学手続きの際に、休学されている第一ターム分の教材とテスト内容をいただいてまいりましたので、九月のテストで無事パスすれば復学可能です」

宿題が出てるじゃん！　兄さんガンバ！

「お兄様、がんばってくださいませ。ウチにはケイトがおりますので、心配いりませんよ！」

「……勉強か……がんばるよ」

そうです、ケイトは教えるのが上手なので、兄さんも安心だろう。

「こっちの報告は以上じゃ。さてジェシー、わしらがいないうちにまた何か作ったらしいな」

お爺様の目がワクワクしています。ミランも後ろで同じ表情です。

「はい。歯を磨く道具と歯専用のサボンを作ってみました！」

「歯を磨く道具？　となる。これは、また珍妙な。出発前に言っていたアレか……」

やっぱり歯を綺麗にするって発想がないのね。特に、古い考えのお爺様は口を開けて驚いている。

ミランもお爺様と同じ表情だ。同じ顔すぎて、なんか笑っちゃいそう。

「はい。体や食器が綺麗になるなら、歯も綺麗にしたいな～と思ったのです。これらはもう実験が済んでおり試作品も完成しております。今、城内限定でテスト中です」

「もう形にしたのか？　それで歯を磨く何かがないか探せと言っていたのか……俺たちが探した限り、王都にはそれらしいのはなかったよ」

兄さんも驚きの様子を隠しきれていない。

「はい。ロダンに手伝ってもらいましたの……だって、何かしていないと寂しくて」

しょんぼり寂しんぼキャラを演じてみる。

「だからって何も発明しなくても……ま〜、ジェシーのことだから、これも売れそうなんだろ？」

「ええ、皆の反応もいいのですよ。一度、試してみてください。皆、病みつきになっております」

「お話し中失礼します。私にもいただけますか？」

来た、ミラン！　やっぱり食いついた。

「ええ、ロダンが用意していると思うから、あとで歯の磨き方も聞いてね」

「ありがとうございます」

と、ミランは嬉しくてたまらないようだ。口角がにやついている。

「そしたらこれも商品登録をするかの。だが……少し待つかのぅ」

「そうですね……次から次に出すのは危険ですし、少し時期をずらしたほうが良いかと思われます」

お爺様の言葉に続いて、ロダンもすぐにオランジュを表に出さないことに賛成な様子。え〜、便利なのに！　早く皆に使ってもらいたい！

私が不貞腐《ふてくさ》れていると、ミランも二人に続いた。

「僭越《せんえつ》ながら、私も賛同します。あまりに次々に新作を出しては、他領に痛くもない腹を探られます。お嬢様やお坊っちゃまの護衛が万全になるまでは、これは秘匿すべきです」

危険なら仕方ないよね。痛い目に遭うのは嫌だわ。

「相分かった。それでは来年の春、ジェシーの学校入学の時期までずらそうか。ちょうど入学手続きで王都へ向かうしな」

「じゃ、じゃあ四月までは城内限定で使用してもいいかしら。もう手放せないの！」

ここに来て歯磨き没収はさすがに嫌！　私は目を潤ませてお爺様に上目遣いをする。すると、お爺様は眉尻を下げてため息をついた。

「良かろう。ただし、使用人には城内でしか使用しないように徹底するのじゃ」

「かしこまりました！」

やった～、歯磨きができる～。あの爽快感は手放せないよね！

「ふむ……そしたらこれで報告は終わりかの……」

お爺様の言葉で、ロダンとミランが退出の準備を始める。

あ、待って！　忘れてたことがあったじゃん！

「お兄様！　何か忘れていることはな～い？」

私は兄さんに笑顔で迫ってみる。兄さんは気づいたらしく、私の頭をぐりぐりと撫《な》で回した。

「覚えているさ。忘れたら後が怖いからね。はい」

そう王都土産！　兄さんがくれたのは髪飾りだった。

キラキラと、小さな透明の宝石がいくつか散りばめられた、銀の蝶々の形をしている。中々、センスがいい！

「わ～、素敵！　お兄様が選んでくれたの？」

「ああ、店員に相談してな。気に入ってくれた？」

「ええ。ありがとう、お兄様！　大好きよ！」

満面の笑みで兄さんにラブコールを送ると、兄さんの耳は赤くなってしまった。

まだまだだね～。これぐらいで照れていちゃ～彼女ができませんぜ。

そしてなんと、お爺様からもお土産をもらった。

「わしからはコレじゃ。王都で流行《はや》っている恋愛小説じゃ。ジェシーもそんな年頃じゃろ？」

「ありがとうございます！　読んでみたかったんです！」

ちょうど読みたかったんだ！　お礼を言いながらお爺様に抱きついてみる。スリスリ、お髭《ひげ》が痛い……

さて、ちょっくら暇な時間を見つけて、読んでみよっと。やっぱりこの世界の恋愛観とか知りたいもんね！

早速、私はサロンから退室すると部屋に閉じこもり、恋愛小説を読みふけった。

お爺様たちが王都から帰ってきてしばらく、歯磨きブームが再燃した。特にお爺様がノリノリで、他の味はないのかと言ってきている。

現在ロダンとミランは新事業のためほとんど城内で姿を見ない。領内を駆けずり回っているらしい。お爺様もそのせいか執務室にこもりっきりだ。兄さんもケイトがつきっきりで勉強を見ている。

……そう、私とっても暇なのよね。お爺様にいただいた恋愛小説も読んでしまったし。

ちなみに、王都の今の流行《はや》りは『駆け落ち』でした。

身分の違う二人が周囲の反対を乗り越え、隣国で幸せに暮らす……という何ともベタなストーリー。でも、ケイト曰く『身分違いを押し切る』という貴族の概念を打ち破る『純愛』が、今までにない発想だったとのこと。貴族の、特に高位の女性のハートを鷲掴みしているらしい。

前世の私にとって、物語としてはありがちなパターンだったけどね。そんなこんなで、午前中は兄さんと一緒に勉強し、午後はブラブラして過ごす。

そうしているうちに一ヶ月はすぐに経ち、移住者とやらが来る時期になった。


「ごきげんよう」

ある午後のお茶の時間。エントランスにお客様がいらっしゃった。

……珍しいわね。誰かしら？　今はロダンもミランもいないのだけれど。

ひとまず今はケイトが応対している。

「お嬢様、テュリガー家の方がお見えです」

「えっ、テュリガー!?　大変だわ、お爺様とロダンを呼んで。それまでは私が応対します」

テュリガーって、あのお隣さんだよね？　税の取引の件かな？　どうしたんだろう？

私が急いでエントランスへ向かうと、そこには絵に描いたようなチャラ男――もとい、遊んでいそうな顔のすこぶるよろしい男性が立っていた。

あれ、本当にテュリガー家の人……？

「お、お待たせいたしました。ただいま領主を呼んでおりますので、それまでは私ジェシカ・ロンテーヌがお話を伺います」

ケイト先生に合格をもらったカーテシーを披露する。顔を上げると、ぱっと、笑みを浮かべたチャラ男が私の手を取りキスをしてきた。いちいちチャラい。ってか、恥ずかしい。

「初めまして、ジェシカ嬢。私は、リット・テュリガー。ミランに呼ばれこちらへ参りました。ご主人様に御目通りを願います」

ミランの知り合い……？　あ、うちに来るとか言ってた新しい使用人の方ってこと!?

テュリガーってあのテュリガーよね？　たしかあそこって侯爵よね……こんな高位の方が使用人？

私の頭の中は大混乱だ。

「こちらへどうぞ」

ひとまずサロンへ案内して席を勧めるが「いえ、今後は部下になりますので」と席の横で立ったままだ。やっぱりこの人がそうなんだ。でもあのテュリガーとは。

「あの、伺ってもよろしくて？　テュリガー様は隣領のあのテュリガー侯爵家の方かしら？」

「はい。私は現領主の弟なので跡継ぎではなく、こちらに来る前は王都の騎士団に所属しておりました。ぜひリットとお呼びください」

さすがテュリガーさん、もといリット。騎士だけあって体つきはがっしりしているし背が高い。さらに顔がキレイ系だからモテるんだろうな〜。

なんて思っても、初対面で失礼だけど、好みではないのよね。モテ男に関わるといいことは一つもない。これは前世での経験だ。

「お爺様と執事を呼んだのだけれど、ミランも呼んだほうがよろしいかしら？」

「いえ、お気遣いなく」

そんなやり取りをしていたら、お爺様がサロンへやってきた。

「よく来てくれた。これからよろしく頼むぞ。さっ、座ってくれ。話もあるからの」

お爺様は立っているのに気づき、話があるからとリットを座らせた。

「ジェシーも同席しなさい」

大人同士の話だし、と席を外そうとしたらお爺様に止められた。いやいやいいよ、とはまかり間違っても言えない私は、黙ってお爺様の横にちょこんと座り直した。

「改めまして。私、リット・テュリガー、ロンテーヌ領に従事すべく王都より参上しました。これからよろしくお願いいたします」

リットは胸に手を当てて頭を下げる。それにしても先ほどのチャラ男の印象とは違って、キリッとした姿は騎士そのものである。

「あぁ、よろしく。こっちは孫のジェシカで領の宝だ。これからはジェシーのために働いてくれ」

えっ、そうなの？　ミランは領騎士にとか言ってなかった？

「承りました。お嬢様、よろしくお願いいたします」

「……よろしく。お爺様、私伺っておりませんが？」

私がお爺様に怪訝《けげん》な視線を寄せたとき、ちょうどロダンとミランが入ってきた。

「リット、早かったな。玄関前の男たちはお前が連れてきたのか？」

「ミラン！」

ミランはリットの側に寄り、がしっと握手をしている。久しぶりに会った親友同士のようだ。

「ああ、俺が退団するとき、自分たちも移住したいと言うから連れてきた。下っ端だが元騎士団所属の者たちだから役には立つだろう」

「そうか、正直助かった。即戦力はとても助かる」

なんと！　元騎士の人たちまで連れてきたの？　チャラ男だけど人望はあるんだ。いや、感心している場合じゃないのよ。

「ねえミラン。歓談中悪いのだけれど、私には何が何だかわからないわ」

「あ、そうでした。お話しするのを失念しておりました」

と、ミランはこちらへ来て説明をしてくれる。「では、私は失礼します」とリットは退出していった。

「では、改めまして。リットは私の同窓生の弟で昔からの知り合いです。いい歳なのにいつまでもフラフラとしておりましたので、今回ロンテーヌ領へ誘いました。テュリガー領主の弟ですが、三番目ですので柵《しがらみ》はありません。あんな感じですが腕は立ちます。第二騎士団第四席まで上りつめた者ですから」

えっすごい！　上から四番目？　というかよく退団できたね。

「そうなの。それは頼もしいわ。でも、護衛って何？　聞いていないのだけれど」

怒ったお爺様を真似して、眉間に皺《しわ》を寄せてみる。すると今度はロダンが一歩前に出てきた。

「申し訳ございません、決まったのがつい最近でして。ご主人様の護衛にと思っておりましたが、ご主人様はご自身でもお強い方なので、そこまで腕が立つのならばと、我が領の宝の護衛にとなりました」

「いやその宝って何⁉」

「ええ、お嬢様は今や我が領の宝です。何せへちまんもサボンも準備していた百セットは予約の段階で完売してしまいました。今、これらの新商品は王都で注目の的です。それを生み出した発想力は金の卵ですから失うわけにはいきません。ですので、領内とはいえ護衛が必要と思った次第です」

「……そうなのね」

そんなことになってるの⁉　だからみんな忙しいのね。と思うと同時にビビってしまう。ロダンたちの営業手腕にも驚きだけど、目を付けられちゃうとやっぱり危険なのかな？

「命を狙われたりとか、そういうことではございません。しかも普通の人はまさか女性が発案者とは思いませんでしょうから。しかし、保険をかけるのは無駄ではありません」

ロダンは優しくなだめてくれる。

「わかったわ。では、リットは私が発案者だと知っているのね」

「いやこれから話す予定じゃ。護衛する者にはどんなに大事かを認識させねばならんからな」

聞けばお爺様は、今後来る予定の五人にも私のことを話すそうだ。

「もちろんミランの知人といえど、わしとの信頼関係は皆無じゃ。だから、発案者の守秘契約書を作成する予定じゃ。万全を期しておる。安心せい」

お爺様はよしよしと頭を撫《な》でてくれた。は～、ひと安心ね。でも、あのチャラ男か……

あれ？　ミランの話じゃもう一人いなかったっけ？

「お爺様。騎士ってもう一人いるんじゃありませんでしたか？」

「あ～、あやつは、強いんじゃがどちらかと言うと騎士というよりは暗部の者だしな～。護衛には向かん」

「暗部ですか？」

選べるなら選びたいと思って聞いてたけど、何それかっこいいじゃん！

「大領地や王族はだいたいそういうお抱えがおる。主に情報を扱っていて腕も立つ者じゃ。今回、わしも雇うことにしたんじゃ」

どうやらロダンが勧めたらしい。今後、知的な情報やアイデアを守りつつ、他領や商人の動きや情報も把握しなければならないんだって。

ほへ～。一気に公爵家らしくなってきたね～。私、本当にお嬢様みたいじゃん。

「ということで、ご主人様とカイ様はご自身に自衛能力がございますので、一番強いであろう戦力をお嬢様の護衛に、となりました」

ロダンは「納得されましたか？」とすごい圧で言ってくる。絶対に断らせる気ないじゃん。

「そ、そういうことなら致し方ないですね。リットについてもらいます」

激弱な私はしぶしぶ納得しましたよ……とほほ。

「まだ今後も領民は増えますので、よろしくお願いいたしますね」

増えるのか……ミランの友達はやっぱりキャラが濃かった。地味なのはいないのか？　落ち着かないよ！

そしてミランの言う通り、次々と新しい人たちが王都からやってきた。

簡単に説明すると、元王宮客室付き侍女、侍女のエリ。元王城官僚、従者のケビン。元魔法庁嘱託《しょくたく》研究員、研究者のマーサ夫人。それぞれミランの元カノ、元部下、元知人の嫁。

……経歴が濃い、濃すぎるよ。

最後にやってきたのは、私が気になっていた元王族直属魔法使いのランド。彼が自薦でうちに来た人らしい。ひょんなことで彼の実情を知ったのだけれど、何やら王都で変人と呼ばれていたそうだ。ミラン曰く、魔法使いとしては一級なのに、対人関係に難ありとのこと。

そんな人呼んでいいの？　とは思っていたが、本人と話してみると意外とそうでもなかった。前世の記憶があるせいか、少なくとも私は別に気にならなかった。

なぜ変人と言われていたか。どうやらランドは魔法では国で三本の指に入る実力者なんだとか。しかし、年功序列や理不尽な命令、王族に媚びへつらわないと昇進できないシステムにうんざりして、それが顔に出まくっていたらしい。

そのせいでやっかみや嫌がらせが多く嫌気が差していたところに、ギルドで移住民募集のことを聞きつけたんだとか。

私的には感情が顔に出る人はやりやすいとは思うけどね。ヘコヘコしてても仕事になんないじゃん。

話してみても性格は別に普通だったし、思っていることが顔に出ているから逆に信用できるよね。

ランドが来てから二日ほど経った頃、テラスで偶然出会ったので思いきって聞いてみたのだ。

「聞きたいのだけれど、ランドはなぜロンテーヌ領に来たかったの？」

ランドの眉が片方上がった。訝《いぶか》しげな表情を見せてくる。

「私の過去が知りたいのですか？」

「いえ、特に詮索するつもりはないの。けど、ここって辺鄙《へんぴ》な土地な上に何もない田舎でしょ？王都のほうが便利だし何でもあるじゃない」

そう聞いたところで、ランドは先ほどの経緯を話してくれたというわけ。

「それに、この国に新商品が登場したのが十年ぶりなのです。ど田舎なのに面白いなと思いまして、安くてもそれを発明している現場に行きたかったんです。前の仕事に未練はありませんのでご安心を。給料も使い道がなくて貯金しかすることがなかったんです」

そかそか給料は気にしないと。ここまでぶっちゃけられたらいっそ清々しいな。

「そう。あなたの魔法がこの領で役立つといいのだけれど。ランドはどんな魔法使いなの？」

「私は、水魔法の攻守魔法を得意としています。あと、特化の『転移』があります」

なんと、転移！

「特化魔法があるのね？　すごい！」

さすが！　やっぱり三本の指に入る実力者。

「ん～転移って言うからには、場所と場所を空間で繋げて人や物が移動できるとかかしら？」

ワクワクしながら私がランドに言うと、彼は目を見開いて私をじっと見つめ、口早に語り始めた。

「そうです、よく本質がわかりましたね！　王族にさえ単に右と左の位置が入れ替わるだけと思われて、無用の長物と言われていたのに。本質を言い当てたのはお嬢様が初めてです」

あはは、前世の小説を読みすぎたか……しまった。しかも彼の秘密を知ってしまったな……

「いえ、単純にそうならいいな～と思っただけなの。ふふふふふ」

これで誤魔化《ごまか》せられたらいいんだけど。しかしランドは気にせず、テンションが上がったまま話し続ける。

「この特化魔法に関しては濫用《らんよう》されたくなかったので、王族だけでなく身内にも詳細を話しておりませんでした。しかしお嬢様は不思議な考え方をなさるのですね」

今度はランドに興味を持たれちゃったよ。

「今回の新商品はお嬢様の発案だと伺いました。どのような頭の中なのか一度覗《のぞ》いてみたいです」

ははは、私のほうが変人扱いされてるじゃん。たしかに十四歳の小娘が考えることじゃないか。

「そうなの？　私はいつもこうだったら便利なのにな～って思うだけで、形になってるのは他の者のおかげよ。もしかしたら私、不満がいっぱいの怒りん坊なのかもしれないわね」

「これからは、側で観察できるので楽しみです」

「そう。良かったわね」

観察って、本人に言うことじゃないよね。おそらくそこだよね、元同僚が気を揉んでいた性格は。

ニコッと満面の笑みで返してみる。ランドは私の返しにまたもやびっくりしている。

「そのように返されたのは初めてです。観察などとご主人に申し上げたのに……失礼しました」

試されたのか……小賢《こざか》しいな。でも色々あったっぽいから、やや人間不信なのかな？

「いいのよ。思ったことを言ってもらって。お爺様の前では控えたほうがいいかもしれないけど。私は気にしないわ」

「ありがとうございます。では用事ができましたので、これで失礼します」

「あっ、ええ、わかったわ……？」

ランドはそう言い、足早に去っていった。ん？　用事ができた？　いつ？


翌日。暇を持て余した私が裏庭に行き散歩をしていると、天日干しの長ウリが増えていることに気づいた。

側にいたロック爺に話を聞いてみたところ、天日干しした長ウリから種がたくさん出てきたので、自家栽培で増やすために野生の長ウリを全て採《と》ってきてしまったらしい。

そして天日干しをして種を取り、夏に向けて急いで種を蒔いて育てている最中だそうだ。へちまんは予約殺到らしいもんね。

「ロック爺にも手間をかけさせてるわね、ごめんなさい……」

「いやいや、謝らんでください。植物を育てるのは好きですので」

微笑みながら、眉尻を下げて言ってくれた。あ～、ロック爺の笑顔に癒される～。

そのままロック爺と軽く雑談していると、裏庭に一人の男が足早に現れた。ちょっとだけ眉間に皺《しわ》が寄っている。護衛になったリットだ。

「ここにいらっしゃったのですね。お部屋を出る際は声をかけてください」

「ごめんなさい。慣れてなくて忘れていたわ。以後気をつけます」

そのままロック爺に別れを告げて、次はどこに行こうかしら、と、あてもなく歩き始める。そんな私を怪訝《けげん》そうにリットは見下ろした。

「お嬢様、何をなさっておいでだったのですか？」

「暇だったから、プラプラ散歩していただけよ」

「……ご令嬢は時間があればお部屋で刺繍《ししゅう》などするのではないのでしょうか？」

リットは口角に笑みを湛《たた》えている。何このチャラ男、面白がってるじゃん。他の令嬢のこと持ち出す、普通～？

「私、刺繍とか興味ないの。いつもこうやって皆とお話ししているの」

「皆……とは、使用人のことですか？」

リットは不思議なものを見るような目で見てくる。変なのかしら。ひとまずこくりと頷く。

「貴族は使用人と必要以上に話したりはいたしません。しかも城内には平民の使用人もいます。平民とは話さえしない貴族など、この国に多数います」

「そうなの、知らなかったわ。私は特に気にしないし。お爺様にも注意されたことがないわ」

私は特に気にも留めず、今度は厨房に散歩しに行くことにした。

厨房で作業していたのは、ジャックだ。彼は私の姿を見るなり、へらっと微笑んだ。

「ジャック！　何かつまみ食いできるものはある？」

「あ〜、お嬢様。今日はクッキーの残りがありますよ」

ジャックはいつもお爺様や兄さん用のお菓子を作った際に取り置いてくれている。もちろん私の分はさっきお茶の時間にいただいていて、今日のこのクッキーは兄さんの余りものね。

「やった〜！　じゃあミーカジュースもちょうだ〜い。ほらリットも座ったら」

はいはい、と言いながらジャックはミーカジュースをグラスに注いでくれる。私だけでなくリットの分の椅子も用意してくれたので、なぜかポカンとしているリットを促す。

「ジャック、お兄様はクッキーをリクエストしすぎじゃない？　毎日クッキーのような気がするけど飽きないのかしら」

「ふふふ、何ででしょうね〜。俺は気に入ってもらえて嬉しいですけれど」

ジャックはのほほんとしながら、仕事の続きを始める。

見上げるとリットはまだポカンとしている。はよ、クッキー食べないと私が食べるわよ。

「ごちそうさま。またね」

ひとしきりジャックと雑談し終えた私は自室へ戻る。リットは何か言いたげだったが、部屋まで黙ってついてきた。

「ご苦労さま。護衛ありがとうね」

そう言った私に、またもリットは目を大きく見開いてポカンとしている。何かまずかった？

「……お嬢様、少しお話しする時間をいただいても？」

え～！　お嬢様らしくないって怒られる感じかな？

「ええ。いいけど、どうしたの？」

「いえ。驚きの連続で少し。お嬢様は使用人に対して垣根がないのですね。平民と触れ合い気軽に接しているなんて驚きました。あと使用人や護衛に礼は必要ありません」

「そうなの？　気をつけるわ」

そうだ、ケイトも言ってたね、それ。

「……えっと、まだ何か？」

「いえ。お嬢様は『令嬢とは普通はこうだ』と言われて不快ではないのですか？」

おっと、リットも何か私に試している？　単に珍しいからかな？

「う～ん、不快ではないわ。だって普通はそうなのでしょう？　私が普通に当てはまらないのは何となくわかっているし、それに普通の令嬢をそもそも知らないから勉強になるわ。今後も助言という意味ならしてほしいわね」

「助言ととりますか……」

リットは何を思ったか、クククといきなり笑い出した。

「そうね、学校では気をつけようと思うけど、ここは自領よ。好きにしたいじゃない？」

「そうですね」

そう言いながら笑いが止まらない様子。なんなんだ？

「それに、私からもいいかしら？」

「何なりとお嬢様」

「リットは無理をして私をお嬢様扱いしなくていいわよ。随分腕が立つようだし、こんな小娘の護衛で申し訳ないわ。だからミランと話していたように接してくれていいわ。どうせこの領じゃ誰も気にしないわよ」

そう言ったが、最後。ついにリットの含み笑いが大爆笑へと変わっていった。お腹を抱えて笑う彼の様子に、私は思わず呆然としてしまった。

「ははははっ、これは面白い！　公爵令嬢なのにお嬢様扱いしないでくれって？　女は皆イイ男に傅《かしず》かれて優越感に浸りたいんじゃないのか？　いいねお嬢様。いや、姫と呼ぼう」

「……はは、ははは……」

その後も笑いを堪えきれてないリットに対して、私は乾いた笑いしか出ない。なんだコイツ。自分でイイ男とか言い始めて。

「だから護衛もほどほどでいいわ。基本、城内しか歩き回らないから平和そのものよ。それにリットにとっては退屈でしょう？　何なら私、自警団の訓練の見学に行くから、そこで体でも動かす？

私は木陰で本でも読んでるわ」

「はははははっ。腹が痛い……見学かぁ。いいね。それはいいアイデアだぞ」

リットは笑いながら、私の頭をわしゃわしゃと撫《な》でてきた。いきなり態度が変わったんだけど!?

「じゃあ、明日は見学に行こう」

ひとしきり笑い終えたのか、リットはそう言って部屋から出ていった。

本当に何なのあのチャラ男。ドアに向かってあっかんべーだよ。


翌日から、私の一日は午前中は勉強、午後はプラプラしてから裏庭に見学に行くコースになった。

王都からリットを慕ってついてきたという若者たちとも仲良くなった。ちなみに、たまに息抜きしに来た兄さんが混ざっている。

そして、今はリットがつけた変なあだ名に抗議中だ。

「だから、姫は止めて。寒気がするわ」

「じゃあ、何がいいんだ？」

五十四歳を経験した私にとって『姫』呼びは心臓に悪い。

「姫以外なら何でもいいわ。てか、ジェシカでいいわ」

「では、ジェシカお嬢様……う～ん。長いな。もう面倒だしお嬢でいいか？」

面倒って……私は『姫』呼び以外なら何でもいいわよ。そんな会話をしていたら、裏庭にロダンがやってきた。

「お嬢様、ご主人様がお呼びです」

お爺様が……？　あっ、忙しすぎて延び延びになっていたあれかしら？

急にそわそわしてきてしまった……！

「わかったわ。どちらへ行けばいいのかしら」

「執務室ですが、私も同席いたしますのでご一緒いたします」

ロダンはリットとともに私を執務室へ案内した。執務室だし、内緒話だし、確定では？

「失礼いたします。お爺様」

執務室には、お爺様とミラン、そしてなんとランドがいた。ロダンとリット、遅れて兄さんが部屋へ入ってくる。

「ちと狭いが、防音が施されているのはこの部屋だけなんじゃ。よく集まってくれた。皆忙しいじゃろうから、時間が今しか合わせられなかった。なので問題をいっぺんに済ませよう」

いっぺんに？　事業で何か動きでもあったのかな？

「まずは皆、コレに連名でサインをしてくれ。今からこの部屋で話されることは誰にも漏らさないという誓約書じゃ。魔法誓約書になっておるから破ろうとしても絶対に破れん。関わりたくないのなら部屋を出ていってもいい。別に処罰もない」

そう言いお爺様は目を瞑り、皆の動きを待つ。ロダンとミランはするするとサインしてしまい、そこに兄さんも続く。リットとランドも動じずにサインをする。

私が最後になってしまった。もちろんサインするけど。

あれ？　でもへちまんとかの発案者は私、っていう内容はもうサイン済みじゃなかったかしら？

首をコロンと傾ける。やがてお爺様は目を開き、話し始めた。

「本題に入る前にジェシーの護衛の件だが、ランドがやりたいそうじゃ。これはジェシーに判断を任せる」

「えっ、ランドが護衛？　私はいいですけど、リットはどうなるのでしょう？」

「恐れながら、私からもよろしいでしょうか？」

リットは一歩前に出て、お爺様に進言する。

「私は護衛の任を離れたくはありません。元々は、私がご主人様より任命されたのです。ランドには手を引いてもらいたい」

リット、めっちゃランドを睨《にら》んでるよ。バチバチ火花が散ってるよ。

お爺様はちょっと驚いたと同時にニヤニヤし出した。『パン！』とロダンの合いの手が入る。

「これらを聞いてお嬢様はどうされますか？」

「で、では……二人共というのはどうでしょう？　とはいえ、普段から二人も護衛はいらないので、日替わりとか週替わりとかで、代わり番こ……とか？」

「……代わり番こ……」

部屋の端でミランが必死に笑いを堪えている。おい、笑うなよ。それが一番平和に解決する方法でしょ？

「双方、否はないか？　これ以上あるならば他の者を任命する」

「……かしこまりました」

「……了解しました」

お爺様にそう言われてしまったので、二人共しぶしぶって感じだけど納得してくれた。

「今後の護衛体制は二人で話し合ってください。ではここからが本題です」

ロダンは私を一瞬見てお爺様に話を振る。

……やっぱり、あれか。

「では、今回皆を呼んだ訳を話そう」

お爺様は、話が長くなるからと全員を座らせた。

「古参の者は薄々感じているとは思うが、ジェシーは両親が亡くなってから様子が変わってしまった。良い意味でじゃがな。それで王都から戻ったあとにわしはジェシーから話を聞く約束だったんじゃが、事情が変わってきてしまってのう。ジェシーに関わる主要人物にも話を聞いてもらうことにしたんじゃ」

お爺様は「さあ」と私に話すよう促す。

すう、はあ、と一度大きく深呼吸する。

「皆、私が話し終えるまでは静かに聞いていてください。あとで、質問を受け付けます」

そう前置きして、これまでのことを話し始めた。

「両親が亡くなったショックで、私は前世……以前異なる世界で人生を全うした女性の記憶が蘇りました。彼女の記憶と同時に、彼女の人格が混ざったように思います。彼女の記憶の中には便利なものがあり、それをこちらで取り入れたら生活が豊かになると思い、色々と提案したのです」

お爺様とロダンは目を瞑り無言のまま。側にいる兄さんは口をあんぐりと開けて驚愕している。

ミランやランド、リットも顔には出ているが黙って最後まで聞いていた。

沈黙ののち、お爺様が静寂を破った。

「これは、わしがまだ十代の頃の話じゃ。ロダンも知っているだろう。当時の王宮にジェシーと同じような境遇の料理人がおった。その者が言うには、以前の記憶では『イタリアンシェフ』という者だったらしく、その記憶を使って次々と新しい料理を発表しておったんじゃ。じゃから、その者は王に召し抱えられ保護されていた。たまに、そのような者が現れるそうじゃが……なんと、ジェシーがそうだとは……」

お爺様は薄々気づいていたのか……そしてお爺様に続いて、ロダンも話し出した。

「私もその新しい料理のことは記憶に残っております。こんなにも美味《おい》しい料理があるのかと当時はとても驚き、さすが王族お抱え料理人だと驚愕したものです。今では当たり前の料理ですが。当時はご飯を食べるのが楽しくなりました」

おずおずと、兄さんは質問してきた。

「話しにくいならいいが、その以前の記憶の女性はどのような人物なんだ？」

あ〜。それ重要だよね。でも、ごめん。有名料理人とかではなく、ただの主婦なんだ……

「残念ながら専門的な知識や特技があったわけではない、ただの平民です。私の記憶では国王に近い存在はおりましたが、貴族は存在せず国民は皆平民でした。昔は貴族制度や身分制度がありましたが、彼女が生まれる二十数年前に大きな戦いに負けたことで国の法律が変わり、国民は男女にかかわらず皆平等になりました。結婚もお互いの合意のもとで自由が認められ、彼女は二十代後半に結婚し、子供も二人授かりました。最後は病気で五十四歳で亡くなっています」

「五十四歳！」

「……病死」

「結婚！」

「平民だけ……!?」

反応は三者三様である。しばらくざわついたあと、お爺様がその場を収めるように一度咳払いして、質問してきた。

「ごほん。ではジェシーの発案は、その世界では平民の常識だと？」

「はい。そもそも魔法がない世界でして、代わりに機械というものが発達しておりました。ですので、その世界は便利な物であふれております。ただ、その発明からある程度発達したあとの時代に生まれたみたいなので、生まれたときからそれが当たり前だったのですけれど」

「ということは発明者じゃないのか……なのになぜ構造を知っている？」

「情報もあふれていたのです。しかも誰でも閲覧できる無料の本屋や、誰でも使える情報が詰まった道具がありました。一瞬にして情報を国を跨いで送れる装置もありました」

「そうか……一瞬」

お爺様は呆気にとられています。

「では、お嬢様は平民でも知っている常識を持ち込まれたと？」

ロダンはさらに聞いてくる。彼は真剣な表情で私を見つめる。

「そうよ。ただの一平民だった私でもわかる簡単なものよ。ヤシシの実やミーカなどは似通ったものを当てはめて、できるかわからないけどやってみたの」

えへっ、と場の雰囲気を和らげるためにはにかんでみる。

この話を聞いてみんなの私を見る目が変わったりしないかな……やばい、ちょっと震えてきた。

みんなの目が見れない。すると、震え出した私の手を兄さんが握ってくれた。

「そうか……ジェシーも秘密を抱えて大変だったな。でも大丈夫、どんなジェシーも俺にとっては可愛い妹だからな！」

兄さん！　感動で胸がジーンとするよ！

「ようやく理解しました。お嬢様の突飛な思いつきはこれだったんですね」

ミランはふむふむと頷き謎が解けたと言わんばかりに、スッキリした表情だ。

そっか……私はこれでもいいんだ。ありがとうみんな……！

「ま～なんじゃ。性格も明るくなっていい方向を向いているし、ジェシーそのものがいなくなったわけじゃないいんじゃし、そう気に病むな。外見はジェシーとなんら変わらないしの。それよりも、王に知られると厄介よのぅ……」

あ～。前世の記憶持ちのイタリアンシェフが保護された過去があるもんね。

「私はみんなと離れたくありません。ロンテーヌ領が大好きなんです。もし王都に行って皆と離される危険があるのなら、学校には行かなくてもいいです」

「あの、私からいいでしょうか？」

私の必死の思いを、ランドが手を挙げて遮る。お爺様が頷くとランドは一歩前に出た。

「私から提案があります。おそらく王都の学校へ行きつつ、お嬢様のご希望にも沿えられるかと」

「……ほう？」

「はい。お嬢様はまだ十四歳で人生はこれからですから、領に隠れ住むのは可哀想です。しかし王都で秘密が露呈してご主人様たちと離れ離れにはなりたくない。そこで私からの提案ですが、私には『転移』という二点間を一瞬で移動できる特化魔法があります」

ランドの告白で、みんなの顔が一瞬で固まったよ！

「この魔法を使えば領に住みながら学校へ通えます。いざというときは転移で逃げることもできます」

そうだ！　この魔法ってチートじゃん。ランドこそチートじゃん！

「でもこれって王族に隠していたことでしょう？　今話してしまって大丈夫なの？　それに私のために使ってもいいのかしら？」

「はい。転移の秘密については、先ほどの魔法誓約書が有効になりますので心配いりません。それに、私はお嬢様の護衛ですから存分に使ってください」

「申し訳ないわ。でもありがとう、ランド」

「では、ランドの意見も踏まえて、お嬢様の学校の件はご主人様と再考したいと思います」

そしてお爺様とロダンは、今回の魔法誓約書の規定事項を『私の記憶』と『ランドの転移』『過去の記憶保持者の秘密』としたあとに、この会議をお開きにした。

あまりにメンタルを摩耗したからか、その後どうやって部屋へ戻ったかの記憶がない。張りつめていた緊張の糸が切れたせいで、ぼーっとしていたのは確かだ。

でもね、我に返った私の目の前にリットとランドがいるのは、なぜ？

「あの～、なぜ二人はいるのかしら？」

「「今後の護衛体制について話し合うためです」」

さも当然のように部屋にいる二人は、さも当然のように顔を見合わせ、さらには声を合わせて言ってきた。さっきの感動の余韻に浸りたかったけど……ダメなのね。

「で、本気で護衛を交代制に？」

相性は合ってると思うんだけど、リットはあからさまにランドのことが気に入らない様子。

「そうね～。それぞれやることがあるでしょうから、二人で話し合ってくれると助かるわ」

二人で勝手にシフトを組んでほしいと丸投げだ。別にどっちが護衛になろうと構わないからね。

「わかりました。では、本日の残りは私が」

すかさずランドが言うと、リットは怒り出した。

「今日は俺がずっと一緒だったんだから、俺だろ？」

ああもう収拾がつかなそう！　このまま二人で騒がれても落ち着けないわ！

「じゃあ、今日はもう終わるしこのままリットで。明日からの分は二人で話し合ってね。あと、日中もずっと付いてなくてもいいから」

私がそう宣言すると、リットはしたり顔でランドを見て、ランドは盛大に舌打ちして部屋を退出していった。

……お願いだから仲良くやって!!

「お嬢様、異なる世界の話をお聞かせください。もしかして領民登録はその世界のものでしょうか？」

あの会議から数日後。なぜか今日はミランが私の部屋に来ている。いいか。

護衛のランドもなぜかミランの隣に座って聞いている。護衛ってこんな感じなの？　ま、いいか。

「そうよ。個人情報を登録して手形をもらって、国や街からの補助をもらったり、身分証明書の代わりにしたりもしていたわ。その国で住むために必要な手続きを円滑にするためだと思う」

「ほ～、身分証明……あっ、そこで手形を使うんですね」

たぶん以前の説明だとちょこちょこ疑問が残っていたのだろう、ミランは合点がいったようだ。

「他はありますか？　領民学校などもお話ししていましたよね？」

ミランの記憶力はすごいな。さすが元王城官僚。

「ええ。記憶の女性の国では、子供は一定の年齢になると男女関係なく全員学校へ行っていたの。三歳から六歳までは幼児学級で、七歳から十二歳は初等科、十三歳から十五歳まで中等科、十六歳から十八歳までは高等科で、初等科と中等科に関しては義務教育だったわ。十八歳から二十二歳までの専門教育、その上の研究者用の学校なんかもあったみたい」

「義務教育とはなんでしょう？」

あ〜、そっか。概念がないのか。

「義務教育っていうのは『子供を養う保護者は、その子供に初等科と中等科で九年間教育を受けさせる義務がある』っていうもので、国が教育について法律で定めてるの。もちろんほとんどは無料で受けられるのよ」

こちらの世界の学校は貴族のものだから、想像がつかないのも仕方ないか。

「平民に教育を受けさせる義務……では、お嬢様がおっしゃっていた領民学校というのも……？」

「いいえ、私は別に義務にしたいわけじゃないの。ただこの国に平民が学べる場所がないのなら、領内の子供だけでも教育を受けさせたいと思って。知識を持っていれば邪魔になるどころか武器になるわ。別に大それた教育を受けさせたいわけじゃなくて、簡単な計算と読み書き、歴史を学べれば良いかなと思ってる」

「……なるほど。ですが、この国では十歳前後の子供は家の手伝いをしていて、立派な労働力です。ですので、その子供がいなくなると各家庭は困りますね。おそらく通わせる親はいないかと」

「そう……難しいわね」

ミランからそう指摘されて、ミランと共にう〜ん、と悩む。じゃあ領民学校は無理かな……

「労働力より上をいくものを与えればいいのでは？」

すると、一緒に話を聞いていたランドが口を挟んできた。

「そうね。無理矢理に通わせても領民が困るんじゃダメだし……上をいくものね〜」

今度は三人でうーん、と悩む。あ、待って！　いいこと思いついた！

「これだっ！」

「また、思いつきですか？　何でしょう？」

沈んだ表情から一転、ミランはワクワクし始めた。

「今後は冬に領民を集めて、へちまんや香りの草を乾燥させたものを粉末にする仕事をしてもらう……って言ってたわよね？　そのときに子供を連れてきてもらって、親が働いてる工場の隅で子供に勉強を教えるのよ。だから学校は冬だけにするの。そうすれば子守りの必要もなく、働いて給料をもらえて、教育も受けられる。どう？」

「いいですね。ちょっと詰めてみましょう」

ミランは側に置いてあった紙に、今私が話した内容をとんでもない勢いで書いている。

これで領民学校ができそうじゃない？　夢に一歩近づいた！　そう内心でテンションを上げていると、ランドがニコニコしながら話しかけてきた。

「お嬢様はいつも平民のことを考えているのですね？」

「そう？　その前世の記憶が平民の人のものだったから、平民目線なのかもね」

平民、ね……これまで教育についてはあまり平民と貴族を分けて考えたことがなかったからな～。

「ランドはどう思う？　平民に教育は必要ないと思う？」

逆に質問を振ってみることにした。

「もし自分が平民なら、暮らしていく上で最低限の知識は欲しいですね。教育は欲しいです」

「ランドは高位貴族の出身……たしか辺境伯の家柄だったわよね？　なのに柔軟な考えができるのね。素晴らしいわ」

ランドって意外と貴族然としていないし、結構私と性質は近いんじゃない？

変人っていうレッテルを貼られていたから身構えていたけど、何だかんだ気軽に話せるよね、ランドって。

ついでにもっと親しくなるために、リットみたいに話してほしいな。

「そうだ、ランドもリットのように気さくに話してね。年上なんだし」

「わかった。善処する」

ランドはちょっと頬を赤らめている。え、照れる要素あった？

ま、いっか。それからミランが退出しケイトがお茶の用意をしてきたので、ランドとケイトと三人でお菓子を囲んで話をした。主に王都での話だ。これはとっても面白かった。

ランドからは、前職の愚痴を聞いたんだ。ふふふ。

王族直属の魔法使いにも色々種類があるそうで、ランドは王様に付いていたんだとか。三交代制で二十四時間。王様は過敏な人であまり人を信用しないところがあったから、最低限の人員のみで、一騎当千な実力者を護衛にしていたんだそう。

「そのときかなり妬まれましてね。しょうもない陰口は聞き流せばいいだけですが、制服を破られたりするのは困りましたね」

本人は何の気なしに言ってたけど、結構、悪質だよね。貴族なのに。

「私が悩んでいたのは、もっと別のことなんです。王様の護衛をしていると王様のご家族にもお会いする機会が多くなるんですが、それでかなり困ったことがあって……」

「王様の家族と、困ったこと……？」

「第二王女のフェルミーナ様なんですが、仕事中だというのに話しかけてくるわ、お茶にしようと部屋へ誘われるわ。挙句の果てには私の部屋に押し入ってきまして」

ケイトは「キャ～」と黄色い声をあげている。何そのおもしろ展開！　もしかして恋バナが始まるの!?

「でもあるときからプツリと接触がなくなったのです。ホッとしていたのもつかの間、ある日いつの間にかその……彼女が私のベッドの中に忍び込んでいまして……。たまたま上司と部屋で用があったので上司を連れてドアを開けたら、彼女がベッドにいて……という惨状があったんです。上司が私の弁護をしてくれたので王様の誤解は解けたんですが、フェルミーナ様はそれでも諦めてくれず、その後もあれやこれやと仕掛けてきて……あれは本当に参りました」

何その爆モテ話!!　フェルミーナ様ってお姫様でしょ？　辺境伯の子息とはいえ玉の輿じゃん！

「え～、ランドはフェルミーナ様にはちっともなびかなかったの？　フェルミーナ様って可愛いの？　どんな人なの？」

私はもうお茶の間で昼ドラを見るおばちゃんだ。ケイトも固唾《かたず》を呑んでいる。

「顔は整っているのでしょうが、興味はありません。ガツガツくるのは余計に嫌です」

「それでは、ランド様は全く興味がなかったと？」

ケイトが珍しくがっついている。

「ああ、ああいう女は趣味じゃない」

バッサリと切り捨てたランドに、思わずケイトと二人で顔を見合わせちゃったよ。お姫様をつかまえて、『ああいう女』呼ばわり……あんた大物だよ。

「ケイトもフェルミーナ様をご存知なの？」

「はい、私も大昔ですが王宮に勤めておりましたので。銀の髪と水色の瞳で、鈴蘭のような可憐な雰囲気のお方でした」

ケイトは両手を胸の前で組んで、王宮勤めの頃を思い出しているようだ。

え、突撃女が可憐なんだ……なんだか本物を見てみたくなってきた。

「あれはたしかに鈴蘭だ。花にも根っこにも毒があるからな。性格も褒められたもんじゃない」

「えっ待って、ランドを追いかけてこの領まで来たりしないよね？　嫌よ、とばっちりとか」

急に身の危険を感じてきたぞ。

「安心してください。今回の退職は王様以外の人には言ってないですし、退職後のことについては誰にも言っていません」

「そうなのね、すんなり辞められて良かったわね……いや、良かったのかしら？」

「いや、いいんです。肩書きや給料は別にいりませんので」

「じゃあ今は羽を伸ばせて、好きなことができているのかしら？　それなら良いのだけど」

「今は、充実しています。魔法も十分発揮できますし、お嬢様は飽きないですし」

ランドはニコニコと眩い笑顔を向けてくる。

おいおい、また、飽きないって。ダダ漏れてるよ心の声が。でも、楽しいなら良しとするか。

「私もお嬢様にお仕えして、楽しく日々を過ごしておりますよ」

ケイトの笑顔も眩しい！　う～ん、泣かせるじゃん。ありがとう！

嬉しいから、サボってたお嬢様言葉をがんばるわ！　ダンスもね！


「お嬢様、ドレスを新調しませんか？」

そうして私がケイト先生の授業を真面目に受けていたある日。新しく入った侍女のエリがクローゼットをチェックしたみたいで、ドレスが足りないと言ってきた。

「そう？　お母様のお下がりもあるし、私は十分だと思うんだけど」

「いえ、差し出がましいようですが、来年度から学校へ行かれますが、王都では少しばかり浮いてしまう服が多いと感じております」

エリは申し訳なさそうにしている。もしかしてこの服ダサいの？　あまり気にならないけど……

「流行《はや》りには乗らなくてもいいんじゃない？　学校は制服なんだし」

「いえお嬢様。ロンテーヌ家は領地が小さいとはいえ公爵家ですので、少し質素すぎるように感じます。学校の行事でドレスを着る機会もございますから、せめて三着ぐらいは新調していただきたいのです」

エリは王都から来たばかりだし、目が肥えているのかな？

それに事業は始めたばかりだから急にお金は入ってこないし、そもそもうちはまだ貧乏だから買えないんじゃないかな？

「じゃあ、ロダンに相談してみてくれる？　とはいっても、ウチの領には服飾店がないけれど」

「えっ！　そうなんですね……かしこまりました」

驚いたエリはオロオロしながら早く服を何とかしないと、と焦っているようだ。

というか、いつも私たちどこから服を調達してたんだろう？　お母様から言われるがままに着てたからな～。

「そんなに急がなくても大丈夫よ。学校が始まるまで、まだまだ半年以上はあるじゃない」

「まさかとは思いますが、成人の儀の衣装は用意していますよね？　こちらはあと四ヶ月もないですよ」

「さぁ？　ケイトに聞いてみた？」

えっ！　四ヶ月ってまだまだ先じゃん。ケイトも特に何も言ってこないし大丈夫じゃない？

えらく着飾った絢爛豪華《けんらんごうか》なお嬢様じゃないんだからさ。

と思っていたのだが、エリは珍獣を見るみたいな顔で私を見始めた。

「あんな素敵な蝶々の髪飾りをお持ちなのに、おしゃれに興味がないと？　お嬢様、もうすぐ十五歳になられるんですよね？」

おしゃれって言っても、この場合ドレスでしょ？　私コルセット嫌なんだよね……

それにおしゃれに興味がないわけじゃないのよ。早く事業が成功してお小遣いをもらえるぐらいになったら、領の服のデザインはしたいわね～。

でもドレスとかなら、エリに任せたほうが良さそうかもね。

「興味はないこともないけど。エリが得意ならお願いしたいわ」

「わかりました。ケイトと交代します。しばらくお待ちください」

こうしちゃいられないと言ってエリは部屋を足早に出ていった。ロダンの所へ行くのだろう。しばらくして「失礼します」と入室してきたのは、マーサ夫人とランドだった。

アラフォーとは思えない妖艶《ようえん》な美女が入ってきた。なんか、緊張する……何気にいい匂い……。

ぽっと赤くなった私の顔を見てなぜかランドは呆れている。

「初めまして、マーサと申します。研究者で主に魔法陣を研究しております」

「初めまして、マーサ夫人。私はジェシカと申します。これからよろしくお願いしましゅ」

緊張しすぎて噛んじゃったじゃん！　も～ランドは変な目で見てくるなよ！

「ふふふ。お可愛らしいのね。私のことはぜひマーサとお呼びください。ケイトが少し手が離せないそうで、もしよろしければ私とお話ししませんか？」

「はい、喜んで!!」

ワンコの尻尾があれば、ガン振り状態だよ！　美女って女も魅了するんだね～。

マーサは私の近くのソファに座る。座る姿も、めちゃくちゃ綺麗だよ……！

「お嬢様はサボンの発案者なのでしょう？　私こちらに来て試してから肌の調子が良くって。それにあのへちまんも、泡を細やかにしてくれるからお顔にも良いみたいで。一度お礼を差し上げたかったのよ」

ありがとうございます、とマーサは微笑んだ。その瞬間、ズギュウーン！　と衝撃が走る。

おそるべし美魔女の微笑み……やばい惚れそう……

「私、伯爵家を追い出されてしまったのだけれど、ここに来られて良かったわ。ミラン様に感謝ですわね」

「え、追い出された？　なんでまた!!」

私は目の前の机に勢い良く両手をついてしまった。『こほん』とランドが咳払いしてくる。

やばっ、素が出ちゃったよ。

「……失礼しました。何か事情があるのでしょうか？　伺ってもよろしくて？」

……お嬢様言葉、話しづらい。そう思った矢先、妖艶《ようえん》な美魔女が大きく口を開いて笑い始めた。

「ふふふ……あはははははははは～」

あまりのギャップに思わずポカンとしてしまう。

「ごめんなさいね。いえ、ごめんね。私ももう素を出すわ。公爵令嬢っていうからきちんとしなければならないんじゃないかって、ヒヤヒヤしてたのよ。挨拶も先延ばしにして、ごめんね～」

妖艶《ようえん》な銀座のママみたいな美魔女がタメ口。なんだかもう面白くなってきて、私も「あははは、お気になさらず～」って返してしまった。

「では改めまして。私はマーサ。伯爵家に嫁いだんだけど子供ができないまま夫が死んじゃったの。そしたら義両親に実家に帰れって言われちゃってね。でも実家は貧乏子爵で帰っても厄介払いだし、

メキ
メキ

研究者として働いてはいるんだけど嘱託だからお給料が安くって。ちょうどミランに相談してたところで誘われて、この領に来たってわけ」

「助けになれたようで良かったわ。ウチもお給料は少ないと思うけど、いてくれると助かるわ」

サバサバ系美魔女にジョブチェンジしたけど、美女はいるだけで癒されるし、マーサ自身も気さくな人っぽいし、いいじゃん。

「私こそ大助かりよ。嫌味を言う姑もいないし、伯爵夫人としての威厳もここでは必要ない。私は三食屋根付きで研究ができればそれでいいの」

今は、自由だ～！　と満喫しているそうです。なら良かった……のかな？

朗らかな雰囲気のマーサだったが、「そういえば」と話題を切り替えた。

「私の仕事内容って知っているのかしら？」

そういえば研究者が来るとは聞いてたけど、詳細は知らない。長ウリの研究をしに来たんだよね、この人。私が首を横に振ると、人差し指を立てて説明を始めた。

「私は上級学校で魔法陣の研究をしていたんだけど、今回は魔法陣を使って長ウリの品種改良をするために来たのよ。種を増やすか、長ウリ自体を大きくするか、どっちが良いか、ってね」

上級学校……大学院的なものかしら。だから研究員なのね。

何気にマーサ、美女で頭もいいってハイスペックだな。

「魔法陣……さっぱりわからないわ」

「あそっか、お嬢様はまだ魔法陣のことは知らないか。普通、魔法陣というと魔法を強化したり、今ある魔力を使って強くしたり硬くしたりする補助魔法のことを指すの。ただ私が上級学校で研究していたのは、魔法が使えない人でも使えるように、人ではなく物自体に魔力を閉じ込めるための魔法陣、というわけ」

魔法を使えない人用……前世の小説でたまに見た魔道具とかいうやつか？

「……ふむ、付与魔法とは面白い」

と前世の貴族を思い返していると、ずっと黙っていたランドが会話に入ってきた。

「中々付与魔法を研究している者は少ないだろう」

「まぁ、あまりいないでしょうね。それに理論は解読済みで魔力を付与する魔法陣は完成させているんだけど、肝心の魔法陣が魔力を物体に付与してくれなくて、進捗停滞中なのよ」

と、話しながらマーサは肩を落とす。がっかりする美魔女も絵になるな。

「ねぇ、魔法陣で長ウリを大きくするのは付与魔法じゃないの？　長ウリ自体に魔力はないわよね？」

私はふと浮かんだ素朴な疑問をぶつけてみた。それにはランドが答える。

「長ウリの大きさを変える場合、普通は魔力のある者が魔法陣を使って、自身の魔力を消費することで大きくするんだ。しかし、彼女がやろうとしているのは、魔力のない者が魔法陣を使って長ウリを大きくすること。魔力のない者……つまり平民のために研究をしているんだ。俺は素晴らしいことだと思うよ」

「いえ、そんな大層なことではないですわ」

ランドはマーサを褒めているが、当のマーサは少し残念そうだ。彼女の悔しさが伝わってくる。

「成功すればすごい発明だろうが、歴史に名を残すくらいの難題だ。私も昔魔法庁にいたから手助けくらいはできる。何かあれば声をかけてくれ」

「まぁ！　ありがとうございます！」

マーサのご機嫌が直ったところで、ランドに魔法陣のことを教えてもらった。

通常の学校の授業では基本概念を教わるらしい。その上で『特進科』か『魔法科』で応用を教わるそうだ。魔法陣も一部の人しか詳しくないんだ。だからあんまり発展しないんだろうね。

「みんなが魔法陣について研究すれば、世の中便利になりそうなのにね～」

「便利なものばかり研究はしないだろう？　魔法陣の基本は魔力の強化だ。日常生活に魔法陣を結びつけるのはお嬢様かマーサ様ぐらいだろう」

ははは、とランドに笑われた。解《げ》せん。

「そういえばマーサは特化はないの？」

「残念ながらないのよ。お嬢様も成人の儀で持ってる魔法が判明するから、楽しみにしているといいわ。魔法庁にいらっしゃったならランド様は持っていそうですが？」

「あぁ。私は『特化』を持っていて、基本の魔法がダブルの水魔法だ」

「ダブル！　それはそれは」

マーサは驚いてランドに小さな拍手を送っている。

「私は何かあるのかしら？　ランド、もし『特化』があったらすぐに使えるの？　それとも練習しないと使いこなせないの？」

「儀式でわかった後は自力で開花させるのが一般的だが、前例があれば文献や所持者に聞きに行く。俺とか王の『特化』は珍しいものだったから自主練あるのみだったが、どの特化魔法もどこかにきっかけはある。とはいえ、二百人に一人くらいしかいないから、お嬢様はもしそのときになったら考えればいい」

え～でも今知りたいよね。ワクワクするな～。

「ねえ、二重の人も珍しいの？　それとも結構いたりするのかな？」

「二重も珍しい。あまり聞かないな。俺も会ったことがあるのは一人だけだ。風だったか」

「へ～なんかもう成人の儀が楽しみになってきちゃったわ！」

ワクワクが止まらず、その日はどんな魔法がかっこいいとかで盛り上がった。

早く、魔法よこい！

第五章

もうすぐロンテーヌ領にとって、とっても大切な夏がやってくる。

最近は日がとても高くて暑い日が続いているので、ウチの長ウリちゃんたちが急成長するよ！畑にたわわに実った長ウリを想像してふふふ～んと、鼻歌が出てしまう。傍から見ていてもどうやら上手くいっているようでマジ嬉しい。

今日はロダンが部屋へ訪ねてきた。何やら私に報告と用があるようです。ちなみに護衛として、お部屋にはランドがいます。

「お久しぶりでございます、お嬢様。へちまんとサボンは驚くぐらい人気で売り上げ順調でして、このまま軌道に乗れば、税収五パーセント減問題は解消する予定です！」

「お爺様もお兄様も一安心でしょうね……良かった。それで今日はどうかしたの？」

首を傾げていると、ロダンの合図と共にエリが部屋に入ってきた。エリがいるってことはドレスの件かな？

「まず報告ですが、来週から王都の学校が夏季休暇に入るため、愚息が帰ってまいります。お嬢様はお気になさらずいつものようにお過ごしください」

ロダンの愚息というと、ロッシーニね。

「わかったわ……というのと、何か用があるのよね？」

「ええ。エリより成人の儀のドレスの件を聞きました。事業にかまけていてすっかり失念しておりまして、誠に申し訳ございませんでした。早急に対応しようと思います」

「ありがとう……でも私もわからないのよね。服はこれまでお母様が全てしてくれていたから」

「私も亡き奥様にお任せしておりましたし、そもそも我が領には服飾店やお抱えデザイナーがおりません。そこでエリから『お店へ直接買いに出てはどうか』と申し出がございまして」

お店に！　つまりはお出かけだ！

「どこ？　って言っても、王都は離れすぎているから無理よね。お隣のテュリガー領とか？」

あとはミサ領でもいいな〜。たしかあそこ海があるんだよね〜。

しかし、ロダンはクククッと笑い、私の予想を裏切ってきた。

「いいえ、行先は王都です」

「えっ⁉　嬉しいけど……遠くない？」

「そこで、ランドです」

あ〜、特化の転移を使うってわけね。特化魔法をそんなことに使っていいのか？

ってか、あれって秘密じゃなかったの⁉

私がエリを一瞥《いちべつ》したのがわかったのか、ロダンは「大丈夫です」と話した。

「エリとケイトはすでに誓約済みですので、ご安心ください。秘密を知る者が増えるのはあまり良くないですが、お嬢様をお世話する者は仕方がありません。本人も承諾済みです」

「いいの、エリ？　なんだかごめんなさいね」

「いいえ、ただ言わなければいいだけですから、大丈夫です！　お嬢様を飾り立てられるのなら、そんな我慢は屁でもないです。それよりランド様の能力が素敵です。簡単に王都へ行けますから、最新の流行《はや》りにも乗れます！　さらには儀式にも学校にも間に合いますから、本当に便利――いえ、ありがたいです」

彼女はそう言って笑みを浮かべた。なんてうちの侍女は人間ができているんでしょう……！　でもエリ、最後に便利って聞こえたんだけど、気のせい？

「そうなのね。でも財政は大丈夫なの……？　いざとなったらシンプルなのでいいからね」

心配だとロダンに視線を向けると、ロダンは胸を張ってドンと拳で叩いた。

「何をおっしゃいますかお嬢様。人生で一度の成人の儀なのですから、公爵家に恥じない装いをしていただきますよ。先ほども申したように事業が大成功しておりますので、問題ございません」

成人の儀は、前世でいう成人式みたいな感じかしらね。そういえばあのとき振袖着たな〜。

「わかったわ。じゃあ行くときは声をかけてちょうだい」

「はい。実は一つお願いがございまして。王都から戻られる際に愚息を連れて帰ってはいただけませんか？　ご主人様とランドからは了承を得ています」

「別にいいんだけど……私と一緒でロッシーニはいいのかしら？」

ロッシーニ……いつも私を睨《にら》んでくるから苦手なんだよな〜。前世の記憶を思い出す前はお互い距離を取って避けていた。どちらかというと彼はお兄様と仲がいいのよね。

「彼奴《きゃつ》のことはお気になさらず」

「それなら、まあ。ところでランドは大人数を転移させたら負担にならないの？」

ふと素朴な疑問が浮かび、ドアの側で立っていたランドに声をかける。転移させる人数が多ければ、相応の魔力が必要そうじゃない？

「ああ、俺を除いて五人ぐらいなら行ける。大丈夫だ」

「そうなんだ。すごいね、ランド！」

きっと転移が使えるとわかったあと、努力したんだな～。すごい！

私は彼を労うために最大限の笑顔で彼のほうを向く。すると、ランドの耳が微《かす》かに赤くなったのが見えた。やった、鉄壁のランドに勝った！

「ごほん。では来週、王都で成人の儀用のドレスとパーティードレスの二着を購入してください。もちろん既製品はダメですよ！　エリもついていきますから安心してくださいね」

「心強いわ。エリ、よろしくお願いね」

「はい、お任せください！」

エリは王都行きの話が完全にまとまったことで、テンションマックスで張り切り始めた。るんるんとしながら一礼すると、部屋から出ていった。

「……ところでお嬢様、もう少しだけよろしいでしょうか？」

「……？」

用だけに留まらず、ロダンは何やら相談があるらしい。眉尻を下げて、申し訳なさそうな顔だ。

「ここ数ヶ月オランジュを使用していて感じたことなのですが、オランジュを入れた箱の中が水に触れると、せっかく細かくしたオランジュが塊になってしまって、使いにくくなってしまうのです。色々悩みましたが打開策が見つからなくて……何かお知恵をいただけないでしょうか……」

ロダンは前世の知識を聞きたかったようだ。粉が固まる……か～。さすがに乾燥剤はこの世界にないもんなぁ……

「う～ん。たしかに湿気が多いと固まりそうよね。そうだな……手でつまむとか、もういっそオランジュをペースト状にするとか……？」

いやでもペースト状にしたところで、チューブがないから使い勝手が悪くなっちゃうか……

しばらく前世の記憶を遡り、洗面所や台所あたりの様子を思い出しながら考え込む。

「あっ、ひらめいたかも！」

「何でしょう？」

「塩とか胡椒を振る容器を使っては？」

ロダンは怪訝《けげん》そうながらも、前のめりで私の話に耳を傾ける。

「振る容器……厨房にあるシェイカーのことでしょうか？」

「ちょっと名前がわからないのだけど、丸い蓋に穴が空いていて中に塩が入っているやつ」

それなら、歯磨き棒に振りかけるだけで粉の量を調整できるし、水に濡れることも少なくなる。

今の歯磨き棒に擦り付けるやり方じゃなくて、歯磨き棒に振りかけるやり方にするんだよ！

しかしロダンは頭をひねりながら、うーん、と考え込み始める。あれ、ピンと来なかった？

「あれは、少し大きいのではないでしょうか？　それに穴が無数に空いていますから、オランジュの粒が次々と……」

が、ぶつぶつ呟いているうちに自身の中ですとんと腑に落ちたらしい。眉間の皺が浅くなった。

「あ～、わかりました。掌に乗るぐらいのサイズにして穴を一つにするということなんですね」

私を置いて、なるほどなるほど、と二人で納得している。なんか私は不完全燃焼気味なんだけど……まいっか。解決しそうってことだもんね。

「私にはシェイカーが何かわからないけど、解決しそうなら、一旦試作してみてはどうかしら？」

「そうですね。まずは試作品を作ってみます。ありがとうございました。お嬢様」

試作品ができましたら持ってきますね、とロダンは爽快な足取りで出ていった。


「さてお嬢様、早速来週の予定をお話ししたいのですが……」

「は、はやいわね……」

とエリが切り出した直後、リットが足早に訪ねてきた。

「さっきロダン様とすれ違ったときに聞いたんだが、お嬢、王都に行くのか？　俺は？」

すごい形相でリットは私に詰め寄ってくる。

落ち着いて！　どうした!?

「護衛ってこと？　その辺りは何も聞いてないのだけど、ランドは何か聞いている？」

「俺がいるからお前は必要ない」

ランドはスッとした真顔で、リットにガンを飛ばす。その後、二人は睨《にら》み合ったままピリピリムードに突入する。

……気まずいし、大の男が険悪なのは怖い。

「は、王都だぞ？　護衛は多いに越したことはないだろ！　それに五人まで転移できるんだろ？　俺もついていくからな！」

しかしピリピリムードは一瞬で終わり、リットが捨て台詞《ぜりふ》を吐いて足音荒く部屋を出ていった。

部屋は急激に静寂に包まれる。温度差で風邪ひきそうだわ。

「……ま、まぁ、ランド様も護衛が多いと何かと楽になるのでは？」

エリは思い切ってフォローを入れている。この沈黙を破るとは勇者だな。特に王都に行きたい思いが強いだろうから、ここでトラブって王都行き中止とかにしたくないんだろうね。

私も王都へは行きたい。そして楽しいほうがいい。エリに賛成。

「そ、そうよ！　転移を使ってもらうんだから、ランドにばかり負担がかかってしまうわ。念のためリットも一緒に行ってもらいましょうよ」

私もフォローを入れる。ランドは無言のままこちらを向くが、額に青筋が浮いているし、目がヤバイほど吊り上がっている。しかし一度深呼吸して自身の怒りを抑えたようで、ため息をついた。

「は～。そうですね。後々、グチグチ言われるよりはいいでしょう」

ランドも渋々納得してくれた。は～助かった……

「では、先ほどの続きになります。王都での予定ですが、私のお勧めする服飾店はあるのですが、公爵家からすると格下のお店です。ランド様はどこかご存知ないでしょうか？」

「エリ、予算もあるんだろうし、エリの勧めてくれるお店で十分よ。大丈夫」

私のためにいい衣装を作りたいという気持ちがひしひしと伝わってくるのだが、あんまりにもお高い高級品は気がひける。一回しか着ないのにそんなにお金かけてもね……。

「いいえ、成人の儀ですので、きちんとしなければいけません」

「でも一度しか袖を通さないのだから、もったいないわ。それに上り調子とはいえ今の領で、そんなにたくさんのお金を使うなんて、難しいと思うわ」

譲らないエリに、私は貧乏を前に押し出してみる。ロダンは平気とは言っていたけど、そんなに潤沢なわけないはずだし。

「ああ、姉上が懇意にしていた店がある。俺の名で予約を入れよう」

「えっ！　急だし迷惑にならない？」

ランドは「問題ない」と目を瞑る。もしかしてまだ怒ってたりする？

「そ、そう。ありがとう。じゃあランドに甘えようかしらね」

「ええ、さすが辺境伯様のご子息。思惑通り……素敵です！」

思惑通り？　エリさん、ちょっとランドを便利使いしすぎじゃない？

「エリ、ちょっとは抑えなさいよ」

「構わない。使えるコネは使うといいさ」

ランドは意に介さない様子だ。

エリは私に怒られてしゅんとしながらも、次に王都でのスケジュールを話し出した。

「当日は朝早くに出ますので、いつもより一時間ほど早く起きてください。ランド様の転移はどこにでも行けるそうですが、人目につくと問題ですので、まずは王都から一時間ほどの隣街の外れに転移します。そこで馬車に乗って王都へ行き、午前は服飾店、午後に宝石店へ行って買い物は終わりです」

意外とハードスケジュールなのね……

「その後、王都の門でロッシーニ様を拾ったあと、再度隣街まで移動し、夕食前にロンテーヌ領へ帰還です。以上、何かありますか？」

と、エリが聞いてくる。

正直、宝石店よりもお菓子屋さんとか雑貨屋さんに行きたいし、お店の中だけじゃなくて、都会の街を見てみたいのよね〜。

「そしたら午後の宝石店を止めて王都を観光しない？　宝石はお母様のものを着けるわ」

「奥様のものをですか？　代々続くものであれば装着される方もいらっしゃいますが……」

エリは眉をハの字にして私を見つめる。その視線には『宝石も買おうぜ』という抗議が含まれているように感じる。

なんとかして、説得したい……！　私は少し顔を俯《うつむ》け、ついでにちょっとだけ目を潤ませた。

「でも、亡くなったお母様を感じていたいのよ。お母様には成人した姿は見せられないし……」

「……お嬢様！」

「……ふっ」

エリをちらりと見ると、眦《まなじり》に雫を溜めて口を手で押さえている。効果はあったようだ。しかしランドには思惑がバレているようで、口角を微《かす》かに上げていた。

「では早速ロダン様に相談して、ご主人様に許可を得てまいりますね！」

ドレスを買う前に奥様の宝石をチェックしなくちゃ、とエリは足早に退出した。

ランドからは冷たい視線を向けられている。が、やっぱり口元がちょっと笑ってるよね？

「ランド、言いたいことはわかるわ。……お母様ごめんなさい、こんな娘で」

少しだけ罪悪感があったので、両手を組み天に向かって謝ってみる。するとついぞ耐え切れなくなったようで、ランドはお腹を押さえて爆笑し始めた。

「本当にお嬢様は面白いな！　普通、亡くなったばかりの親を引き合いに出すか？　絶対エリは信じきってるぞ！」

「いいじゃない、街歩きしたかったんだもの！　王都で流行《はや》りのお菓子とか名物を見たいの！」

ふんだ、と腕を組んでそっぽを向く。するとランドは私のもとに寄ってきて、頭を撫でてくれた。

なんか犬を撫でているように思えるのは気のせいかしら……

「わかったよ。王都で一番人気のお菓子屋へ行こう！　ついでに、そこでみんなにお土産を買えばいい」

「やった！　王都、すごく楽しみになってきた！　ちなみに観光名所とか名物ってあるの？」

「観光名所ねぇ……成人の儀が執り行われる中央教会の大聖堂とかだな。日中は一般の人にも公開されてるんだが、辺りに飾られてるステンドグラスのランプが人気だな」

「ステンドグラスのランプ！」

「あとは……商業街か。買い物客でいつもごった返しているが、名物料理は結構あるぞ。たとえば昔から人気がある棒状のお菓子のチュロスとか」

「チュロス！　この世界にもあるの⁉」

おっと、思わず素の心の声が！　私の急なテンションの変わりように、ランドがちょっと引き気味だ。

「あっごめんなさい。前世の記憶でも同じ名前のお菓子があったのよ！　あ〜びっくりした。でも、前世の記憶でも似たような形状なのよね。何でかしら……？」

「作った人が昔、王が保護した料理人なのかもしれないな」

実はこっちの世界が本家とか？　とふと浮かんだ疑問に唸っていたら、ランドの一言で解決してしまった。そういえばイタリアンシェフとか言ってたわね。イタリアとスペインってたしか近かったわよね。

「そうかもしれないわね。でもチュロスか〜。私が思っているものと同じならいいな〜」

むふふふふ、と笑う私の頭を、ランドはまた笑顔で撫でてくる。

「あははっ、そんなに楽しみか？　それじゃあ王都で必ず食べよう！　俺のお勧めはバーナチョコ味だ」

バーナチョコ……もしかしてバナナチョコ⁉　この世界にチョコあんの⁉

「バーナチョコ味！　想像しただけで美味《おい》しそう！」

じゅるる、とよだれが出てしまう。チュロス全種類制覇したいな〜。

あーもう、王都が楽しみすぎてどうしよう！　ひとまずもう今のうちに用意とか始めちゃお！


そして待ち遠しい一週間が過ぎ、本日無事に王都へ出立です！

私は二時間も早く目が覚めてしまい、ワクワクを持て余して部屋のソファの周りをグルグル回っている。

「早く起きすぎた……まだ一時間もある。お腹すいた……」

「おはようございます、お嬢様……って、いつから起きられていたのですか？」

ケイトはいつもより少し早い時間に起こしに来てくれたが、そのときにはすでに完全に起きていた私を見て、笑いながらも呆れている。

「呼んでくだされば良かったのに……ふふ、早くお支度をして朝食にしましょう」

「笑わないでよ。恥ずかしいわ。とっても楽しみすぎて目が冴えちゃって」

遠足にワクワクしている私がおかしいのか、ケイトは含み笑いをしながら身支度をしてくれた。

着替え終わって鏡の前に立つとさらにテンションが上がってくる。

お出かけ服は、濃いグリーンの生地のワンピースで、裾や袖には銀の蔦の刺繍《ししゅう》がキラキラ光っている。襟は幅広の白のレースでできていて、もうね、めちゃめちゃ可愛い。

「このドレス風なお出かけ着……って言うのかしら？　可愛いわね！」

「とてもよくお似合いです、お嬢様！」

私がくるんと鏡の前で一回転すると、「間に合って良かったです」とケイトも嬉しそうに言った。

そもそも高価な服を持ってなかった私だが、エリが確認したところ、それ以前に外出着がないことに気がついたのだそう。でも外出着を一から作る時間もなかったので、急ピッチでケイトやエリなどメイドたちがお母様のドレスをリメイクしてくれたそうだ。

普段着ないから余計に感じてしまうのかもしれないが、鏡の中の私はちゃんと公爵令嬢に見える。それに、兄さんからもらった蝶々の髪飾りも着けているから、本当に自分が可愛く見えてくる。

「何だかドキドキするわね。服が違うだけなのに、自分じゃないみたい」

「お嬢様はこんなにもお可愛いのですから、普段からもっとおしゃれをしてもいいと思いますよ」

ケイトは私の髪をアレンジしながら褒めてくれた。まぁでも令嬢の中では平凡なのはわかっているから、身内贔屓《びいき》なんだろうな、と思っておこう。

髪のセットが終わったら、部屋に用意してもらった朝食を食べて、その後はエントランスに集合となる。

集合時間まではまだ余裕があるものの、待ちきれなくなってしまい、とっととエントランスへ足を運んだ。もちろん誰もいないから、お客様用の待合ソファに座って待機することにした。

ワクワクが止まらないが、いつまで経っても誰も来ない。

そりゃそうよね。だってまだあと四十五分あるもんね。

その間ずっと待合ソファに座っていたものの、段々と瞼《まぶた》が重くなっていく。昨日は中々寝付けなかった上に今日も早起きだったから、眠い……

……ダメだ。目が閉じそう……

そう思ったのを最後に、視界が真っ暗になった。

一瞬ののち、肩を揺さぶられた拍子に目を開いた。

「おい、ジェシー起きろ！」

「……へ？」

目の前にはいつの間にか兄さんがいる。

兄さんは片眉を上げてため息をついた。

「どこで寝てるんだよ。今日は王都へ行くんだろ？」

そう王都行く日。

だからエントランスで待ってたはず――

というか、なんで兄さんがここに？

もしかして寝ちゃってた!?　やばい。朝からポカやっちゃったよ。

急速に起床した頭をフル回転させて、私は兄さんを見る。

「はっ！　お兄様、わ、私、置いていかれました!?」

「今日はお前が主役なんだから、置いていくわけないじゃないか。みんなエントランスにもう集合しているぞ。部屋にはいないし、思いつく場所のどこにもいないってケイトが真っ青になって捜してたんだ。あとで謝っとけよ」

兄さんは「仕方ないやつだなぁ」と言って、いつもみたいに私の頭に手を伸ばそうとする。しかしいつまで経っても、頭にグリグリが来なかった。

見上げると、兄さんはポカンと口を半開きにして私を見下ろしていた。

「お兄様……どうされました？」

「いや～、こうしてちゃんとおしゃれすると、お嬢様に見えるんだな～、と」

ポカンとした顔から一転、ニヤリと笑みを湛《たた》える。

失礼な！

「もう！」

私は兄さんの腕をポカポカするが、兄さんには全く効いてないようだ。そりゃ非力な十四歳がどうしたら騎士志望の男に勝てるというのだね。

というか、元五十四歳とはいえ、少女仕様が板についてきてだんだん十四歳ぽくなってきたよね。

「それよりほら、行くぞ。俺はジェシーを見送りに来たんだよ」

兄さんと奥の待合ソファから顔を出した私に、エントランスに集まっていたみんなは目を瞠《みは》り、それぞれ様々な表情を浮かべた。

黙ったままいつもの無表情で冷たい視線を送ってくるランド。

同じく黙ったまま口元を押さえ、目を見開いたままのリット。

笑顔で私を見つめながら「ふぉふぉふぉっ。可愛らしいのぉ～」と言うお爺様に、「ですね～」と賛同しているロダン。

なぜかリットを見て「あらあら、うふふ」とニヤニヤしているマーサ。

「さぁ全員揃ったんで、行きますよ！」と、朝からテンションマックスのエリ。

そして最後に、心底安心した様子で「お嬢様ぁぁぁぁ」と膝から崩れ落ちるケイト。

つまりは、私のやらかしを全員に見られていた……というわけで。

朝からシュンとしてしまう。すみません。せっかくの楽しい王都行きのスタートが。

「朝から心配をかけてごめんなさい。待ちきれなくて早くエントランスに来て待ってたんだけど……その、そこのソファで寝てしまっていたみたい」

「よいよい。ちょうど時間ぴったりだし、遅れてはおらん。いやしかし、いつものジェシーも可愛らしいが、着飾ったジェシーも可愛いもんじゃ。アレの若い頃に似ているな」

私のお出かけ服を眺めるお爺様は、どうやらお婆様を思い出しているようで超ご機嫌です。

「お見送りありがとうございます。お土産買ってきますね！」

「ジェシーの初めての外出じゃ。楽しんでおいで」

お爺様はニッコリ笑顔でそう言うと、小さな袋をくれた。

チャリン、という小気味いい音。お爺様ナイス！

お小遣いゲット～！　やった～！　これで色んなものが買える～！

「ありがとうございます！　お爺様！　では行ってまいります！」

「では皆さま参りましょうか。転移のことは誰が見ているかわからないので、こちらの小部屋から行きます」

お爺様や兄さんに見送られた私たちは、ランドに案内されてエントランス横の小部屋へ向かった。

今回王都へ行くメンバーは、私とランド、リット、エリの四人。

小部屋の中央で輪になり、隣にいる人と手を繋ぐ。どうやら直接じゃなくてもいいから、ランドに繋がっていないといけないらしい。

ちなみに、私の両隣はリットとエリだ。

「では転移します。絶対に手を離さないでくださいね」

ランドはそう言い、目を瞑りボソッと何かを呟く。

次の瞬間、私たちはいつの間にか外に立っていた。首を巡らすと、たぶん貸し馬車屋の裏手あたりに転移したみたい。

「わ～っ！　本当に一瞬だ」

すっ、すごい。

ぐにゃ～んとか、ぐるぐるぐる～とか、視界が歪んだり、色々な光が明滅したりするのかなと思ってたけど、そんなのはない。

本当に何もなく一瞬で転移した!!

一行は馬車に乗って移動するべく、裏手から貸し馬車屋のある表通りへ歩き出す。

「すごかったね、本当に一瞬だったよ。リットは何か感じたりした？」

「いや。俺も何も感じなかったな……」

なんだかリットの口数が少ない。いつもならガハハハッとか言って高笑いしてそうなのに……朝が弱いのかしら？

というか、なんでリットはまだ私の手を握ってるのよ！　転移は終わったんだから、手を離せ！

しかし一向に離れる気配がないので、ぶるんぶるんと手を振ってみる……離れない。

目で合図しようとするも、そもそもリットがこっちを見てくれない。

「ねぇリット、これ」

声をあげて手を挙げてみる。するとリットはこちらをちらっと見たが、やっぱり手は離れない。

「今日はこのまま手を繋いでいこう。……嫌か？」

「いいけど、もうまあまあ大人なんだから迷子になんかならないわよ」

もう十四歳ですぜ？　そんな思いを込めてリットを見るが、飄々《ひょうひょう》と躱《かわ》されてしまった。

すると、最前列にいたエリがこちらを向いた。

「いいじゃありませんか、お嬢様。王都に着けば嫌でも手を繋ぎたくなりますよ。すんごい人でごった返していますからね」

「じゃあ迷子になるかも……そしたら王都に着いたら手を繋ぐわ……」

「ええ、それがよろしいかと」

エリは微笑んで再び前を向く。しかしそういう結論になったのに、リットは手を離してくれなかった。いいや、もう諦めて手を繋ぎましょうね!!

私は、はあ、とため息をついて再度リットを見上げた。リットは微塵《みじん》も離す気がなさそうだ。

「……じゃあリット、今日はよろしくね」

「おう！」

「……ほう」

リットは無愛想から一転、途端に上機嫌になり、私の頭を軽くポンポンする。

しかし私を挟んでリットの反対側を歩いていたランドが、底冷えするような低い声を出したかと思ったらなぜかリットを睨《にら》み始めた。

頭の上で視線がバチバチぶつかり合ってるよ……せっかく楽しみな王都観光なのに、険悪ムードなんですけど!!

「ねえ、あなたたち。今日は喧嘩しないでね。もし一回でも喧嘩したら、次からはどちらとも一緒にお出かけしないから。ね？」

先ほどよりも目を細めて、二人を交互に睨《にら》む。

「……ああ」

「わかった……」

すると二人はすぐに眉間の深い皺を和らげ、しょぼんと肩を落とした。

「お嬢様方〜！　馬車の手配が完了しましたよ〜！　……あれ、どうかなさいました？」

そして唯一元気なエリが、馬車を借りて戻ってきた。

しゅんとする二人を不思議そうに見ていたが、「気にしないで」という私の言葉に納得したのか、私たちを馬車まで案内してくれた。

「では、王都へ向けて出発しましょう！」

用意してくれた馬車に乗り込んで、出発進行！

四人掛けの客車で、私は進行方向に向かって後ろの右側に座った。陽が当たって暖かいのよね～

ちなみに私の横にはリット。前にはランド、斜め前にはエリが腰を下ろした。

ガタガタと馬車が動き始めると、車内ではチュロスの話題で大盛り上がりになった。

我先にと語り出したのはエリだ。

「私のお勧めはイチゴ味です。甘くて美味《おい》しいし、ピンク色で可愛いのです！」

「俺は甘いのが苦手だから、ノーマルなのが一番だな」

やっぱり各々好きな味があるようだ。私は何味が一番合うかなぁ～。

ランドはずっと黙ったままだったが、私がランドのお勧めはバーナチョコだとバラしたら、エリに「可愛い」と言われ耳を真っ赤にしていた。

途中までは楽しく過ごしていたが、会話が一段落するとちょっと眠くなってきた。

程良い馬車の揺れが心地よくて眠気を誘う。

王都まであと三十分ぐらいかな？

「寝ててもいいぞ」

船を漕ぎ始めた私に気づいたリットがそう言ってくれたので、甘えることにした。リットの肩にもたれかかって……おやすみなさい。

次に目を覚ましたのは、馬車が王都に入りお店の前に着いたときだった。大体四十五分くらい寝てたみたい。

「おい、着いたぞ」

ランドの呼びかけで目を覚ました私は、窓の向こうに広がる景色にテンションマックスです！

しかも寝たことで体力が回復したから、パワー全開!!

寝ているときに崩れた髪をエリに整えてもらって、準備は万端。

馬車から降りるとき、エスコートしてくれたのはリットだった。

「お嬢様、どうぞ」

差し出された手を見て一瞬ハテナマークが脳内を占めたが、そうだそうだ貴族がやってもらうエスコートというやつか、と思い出した。

お嬢様らしく対応せねば。

「ええ」

私はリットの手に手を重ね、馬車から降りる。

初めて降り立った王都は賑やかな喧噪でいっぱいだった。

私の目の前には、立派な玄関門の明らかに高級そうなお店が鎮座している。

あまりの大きさと豪奢《ごうしゃ》さに、ぽかんと口が開いてしまった。

「ねえ、ランドここなの？　何かの間違いじゃない？」

思わず小声で先を歩くランドに話しかけるが、彼は両目で瞬きし、大丈夫だと合図をしてくれた。

間違ってないのが大丈夫じゃないんだけど!?　手が震えてきちゃったよ。場違いじゃない？

びくびくしていると、門の側に佇《たたず》んでいた妙齢の人が寄ってきて一礼した。

「ようこそおいでくださいました。ジェシカ・ロンテーヌ様、ランド・シュバイツァー様。またお付きの方々。本日はどうぞよろしくお願いいたします」

ロダンのような執事っぽい服装の人は、上品な所作で挨拶してくれた。この人が店主なんだね。

「今日はよろしく頼む」

「よろしくお願いいね」

ランドと私が声をかけ、リットとエリが軽く頭を下げる。

私たちは店主に案内されて、豪華な門をくぐり抜けて大層豪華な建物の中に足を踏み入れた。

お店は白を基調にした内装で、クラシックな装飾が施されながらも色味は抑えた、シックな印象の素敵な空間だった。

店の印象で、ある程度服のセンスもわかるってもんだから、ちょっと安心してしまう。ゴテゴテの成金風のお店じゃなくて良かった〜！

「では、こちらのお部屋でお話をお伺いさせてくださいませ」

高級そうなエントランスを抜けて案内された部屋も、シンプルな内装ながらも高級そうな家具や装飾で、とても豪華だ。

私は部屋の奥に置いてあったソファに案内され、腰を落ち着かせた。

そしてエリはソファの後ろに、なぜかリットとランドは私を挟んで座った。

待って、あんたたち護衛じゃなくて保護者とかだったっけ？

私が疑問に思ったのもつかの間、店主がカタログを片手に説明をし始めた。

「お嬢様は初めてのご来店ですので、まずはサイズをお測りいたします。こちらへどうぞ」

私はすぐに部屋の角にあった、天井からカーテンがかかっている円形の台のところへ案内される。

カーテンを閉めると内からは見えるが外からは見えない状態で、四畳ぐらいの大きな試着室になった。

どうやらリットとエリは、カタログを見てあーでもないこーでもないと話をしている様子。

——とそのとき。

バンッ！　と大きな音が部屋に響いたかと思うと、入り口のドアが開いた。私はビクッとなったが、まだ測定中で、外の詳しい様子はわからない。

しかし大きな音がしてすぐに、鈴の音色のように可愛らしい声が聞こえてきた。

「お久しぶりです、ランド様！　一体どこに隠れていらっしゃったのかしら……随分捜し回ったのですよ！」

台詞《せりふ》を聞くに、ランドの知り合いかな……いや何でここに？

「……姫。なぜこちらに？」

「昨日のお茶会であなたのお姉さまが、あなたが今日王都に来ると話していたから、わざわざ駆けつけましたの」

……おいおい、駆けつけるなよ。

というか勝手に入ってくるな！

私は採寸していたお針子さんたちに「外が騒がしいから、測定が終わってもここで待っていましょう」とそっと提案した。

皆うんうんと縦に首を振りながら、採寸をテキパキと進めていく。

そうだよね。なんか面倒な予感しかしないよね。

「さようでございましたか。ではお引き取りを。見ての通り、ただいま仕事中ですので」

声色からわかる、不機嫌マックスな塩ランド降臨。

しかし闖入者《ちんにゅうしゃ》はそんな塩対応に負けず、くってかかる。

「なぜ？　こんなにもお会いした――」

と、闖入者《ちんにゅうしゃ》が再び大きな声を出したと同時に、ドアが開き先ほどの店主さんの声が被さった。

「王女様。大変申し訳ございませんが、このお部屋はただいま貸切となっております。いくらあなた様でも、関係者以外はお引き取りをお願いします」

柔らかくかつ威厳がある声で、凛と告げる。しかしその声にも、鈴のような可憐な声は反抗を始める。

「え、嫌よ！　やっとランド様にお会いできたのに。ねえランド様、もしよろしければこれからお時間をお借りしたいのだけれど」

駄々をこねまくった挙句、店主を完全に無視している姫様とやら。

これ、もしかしてランドが愚痴ってたあの突撃お姫様じゃない？

うわ～やっぱり出たくない。お針子さんたちもどうやら闖入者《ちんにゅうしゃ》が誰だかわかったようで、笑い

を堪えてプルプル震えている。いや、平民でもわかるくらい悪評が立ってるの⁉

「姫。出ていってくださいい。王に抗議しますよ」

と、ランドが先ほどと同じく塩対応をかましていたところ、またもやドアが開く音がした。

そして、今度はまた別の女性の声が、部屋に大きく響いた。

「リット様！　お久しぶりでございます！」

モテモテだな、うちの護衛たちは。

今度はリットかい。

「お、お嬢様。なぜこちらに？」

「巡回中の騎士から聞いたのよ。先ほど、ここの玄関であなたを見かけたと。だからつい来てしまったわ！」

……おいおい、つい来るなよ。

というか、勝手に入ってくるな！

ランドとはうってかわって、リットは動揺を隠しきれないまま対応している。ランドと同じセリフなのに、すごい印象が違うじゃん。

試着室の中ではすでに測定が終わっていて、みんなで外の様子を窺《うかが》っている。

お針子さんの一人はニマニマしてカーテン越しに外をじっと見つめている。いや、何某《なにがし》は見た、みたいな昼ドラかよ！

第二闖入者《ちんにゅうしゃ》のお嬢様の言葉に、リットはため息をつく。明らかに嫌そうというのは彼の表情を見ずともわかる。

リットは、彼にしては低い声でお嬢様に話しかけた。

「で？　何用ですか？」

「特に用というわけでは……いえ、ごめんなさい。そんなに怒らないで。はしたなかったわね。つい嬉しくなってしまって……失礼するわ。あの、あとでお時間いただけるかしら？　外で待っているわ」

リットの返事を聞く間もなく、静かな足音とドアが閉まる音がした。お嬢様は出ていった……のかな？

安堵したようなリットのため息が微《かす》かに聞こえる。

しかし、すぐに憮然とした声がそれをかき消した。

「で、姫はいつになったら出ていくんです？　この部屋はあなたが予約したんでしょうか。いえ、予約したのは俺です。さ、お引き取りを」

ランドは怒り心頭気味の様子です。

声で人を殺せるんじゃないかってぐらい低い声。

「……わかったわ。私も外で待っているから。早くしてね」

不満げな様子だったが、トテトテと可愛い足音が聞こえたと思うと、再度扉が閉まる音がした。

姫様とやらも出ていった……かな？

これってもう外に出て大丈夫かしら。

そう思っていると、お針子さんたちがそろっとカーテンを開けて部屋を確認し、こちらを向いて笑顔で頷いてくれた。

「もう出ても大丈夫かしら？」

一応一言声をかけて試着室から出る。

そこにはソファの横に立つ男が二人と、ソファの後ろに立ち尽くすエリ。そして、多方面に向けて申し訳ございませんと頭を下げる店主の姿。

「お嬢様。無関係の方を部屋に入れてしまい、大変申し訳ございませんでした……」

「いいのよ、店主さん。さすがに高位すぎて相手が悪かったわね。私でも止められる気がしないもの。でもこのことは内密によろしくね」

私はカーテンの中で昼ドラを楽しんでいたから良いんだけども。一応店主にはお願いをしておく。お針子ちゃんたちの三時のお茶のネタにされそうだから。

「それはもちろんでございます。必ず守らせていただきます。それでお詫びと言ってはなんですが、本日作成する予定の他のドレスについては無償でお作りさせてくださいませ。ただ、無償だからと手を抜くわけではなく、全てのドレスで最高の出来をお約束いたします」

「いえ、それは悪いわ。うちの護衛の問題も少なからずあるでしょうから。気を遣わないでちょうだい」

「いえいえ、王族や高位の貴族とはいえ、貸切のお部屋に入れてしまった私どもの不手際ですので。重ねて申し訳ございませんでした」

店主と私は、いえいえ、どうぞどうぞ。の繰り返し。

前世のおばちゃんはよくやったけど、まさかこの世界でもやるとはね。

最終的に、いえいえどうぞどうぞ合戦は私が折れたことで決着がつき、店主のお願いを受け入れることにした。

「では今回はお言葉に甘えさせていただくわ。ありがとう」

ふう、と店主は息をつく。

私はソファの側に立つ二人の男に視線を向けた。

「リット、ランド。店主さんに何か言うことは？」

「失礼した」

「忘れてくれ」

「いえいえ、大丈夫ですよ。何もなかったのですから」

リットとランドの謝罪に、店主はにこやかに答えてくれる。不穏な雰囲気の部屋だったが、これでやっと朗らかな雰囲気に戻った。

店主は「では」と言いながらパンッと手を叩いた。

「採寸が終わりましたので、次はデザインを決めてまいりましょう」

その掛け声とともに、お針子さんたちがテキパキと移動したり、布や装飾を用意し始めたりする。

エリもようやく私のもとにやってきて、カタログを覗《のぞ》きながら、あーでもないこーでもない、と言い始めた。

そこから小一時間ほど経過すると、ある程度のデザインの方向性が決まった。まだ成人の儀のドレスのものしか決まってないけど。

ドレス選びって結構しんどいのね……。ふ～と出してもらった紅茶を飲んで一息つく。しかし側にいるエリはまだまだ元気なようで、意気揚々とカタログをこちらに見せてきた。先ほどからパーティードレスとイブニングドレスを作ると息巻いている。

「お嬢様、成人の儀と別にドレスが二枚増えましたよね。色はどれが良いですか？」

「うーん……私自身、何色が似合うかわからないわ。たぶんだけど瞳の緑に合う色がいいんじゃないかしら？」

何色にしようかな。でももう疲れたよ。

エリが選んでいいよ。と丸投げしようとしたところ、壁の側に移動していたリットがふいに駆け寄ってきた。

「薄い黄色にしよう」

「いいんじゃない。私の瞳の色にも合いそうだし」

「では、この薄いグレーも似合うかと」

次いでランドも近づいてきて、カタログの中の色を指さした。

「それもいいわね。じゃあエリ、この二色にするわ。デザインは……任せた！」

「お嬢様、真剣に考えてください！」

最終的にエリに丸投げしてしまった。

もう！　と言いながら最初こそプンプン怒っていたエリだったが、デザインやら刺繍《ししゅう》やら靴やらを楽しそうに選んでくれた。

時計を見ると、ちょうど正午になったあたり。

ふ～、なんとか午前中に終わったわね。ちょっとした事件はあったけど……

あの姫とお嬢様の顔が見られなかったのは残念だけど、会話のやり取りでなんとなくの雰囲気はつかめた。

二人共周りが見えないタイプで間違いない。あんまりお友達にはなりたくないタイプよね。

というかあの二人、外で待ってるとか言ってなかった……？

これからお店を出てランチを終えたら王都巡りの予定なんだけど。

「この後って、リットとランドは別行動のほうがいいかしら？　ほら、あの二人に外で待たれてるじゃん？」

エリは「護衛はどうなるのでしょう？」と困惑気味だ。

それはその通りで、さすがにエリに守ってもらうというのは無理だろう。

「いや。問題ない」

「支障はない」

しかし、ランドとリットは揃って首を横に振った。ということは、じゃあ外にいるお嬢様方はどうするのかしら……

するとリットは店主をちらっと見た。

「店主。従業員用の裏口に案内してくれ。あと馬車は夕方取りに来るのでそれまで置かせていただけるとありがたい」

「なるほどその手が……でもご迷惑じゃないかしら？」

「大丈夫ですよ。ご協力いたします」

心配だったが、店主はすんなりＯＫしてくれた。事情を知ってるものね。

その後、私たちは店主に挨拶して別れると、お針子さんの案内でお店の従業員通路へ向かい、裏口へとたどり着く。

「あのドアから出ればいいのよね？　そしたらもう大丈夫、ここでいいわ。案内してくれてありがとう」

お針子さんは頷き一礼すると、持ち場に戻っていった。

お針子さんの姿が完全に見えなくなったことを確認して、ランドが手を上げた。

「では、手を繋いでくれ」

「あ～、ここから転移するってことね？　でもお姫様とお嬢様は放置でいいの？　不敬にならない？」

私は表の入り口のほうを一瞥《いちべつ》する。

「問題ない」

しかしすぐに二人は声を合わせて、首を横に振った。

私も万が一バッタリ二人と出会って顔を覚えられても嫌だしね。厄介なやつは放置しておくに限るってことか。

再び四人で輪になり、念入りに辺りの気配をリットが確認する。リットが頷いた瞬間、私たちは次の場所へと転移した。


静かな空間が一転、ガヤガヤとした喧噪に包まれる。

私たちは昼食をとる予定のレストランの裏手に転移していた。表通りはたくさん人がいるけど、やっぱり裏手は人が少ないのね。

とはいえ、貴族の令嬢が裏手にいるのも中々に不自然なので、私たちはとっとと表通りに出て、足早にレストランの中に入った。

また誰かがやってきても嫌だもんね。

「お嬢様、個室をお取りしますね」

エリも事情を汲んでくれたみたいで、個室でランチをすることになった。

メインディッシュは、つやつやしたパスタがとろとろの黄金色のソースに絡んだカルボナーラ。

くるくるとフォークに巻いて、ふうふうとちょっとだけ冷ましてパクっと口に含む。

ん〜!! 濃厚でめちゃくちゃ美味《おい》しいッ!

マジもんのカルボナーラだ。イタリアンシェフ万歳! ありがとう、この世界に来てくれて!!

私は、見た目も映《ば》えなイタリアンランチコースに舌鼓を打つ。あまりの美味《おい》しさに、さっきのご令嬢たちのインパクトなんて吹っ飛んだよ。

うま〜い！　あ〜幸せ……

皆で絶品コースを堪能したのち、食後の紅茶で一息つく。

すると、向かいに座ったリットがポツリと呟いた。

「さっきのことだが……忘れてくれると助かる」

「俺も。もうあの方とは関係ない」

「大丈夫よ。追いかけられてるんでしょ？　でも、すごいわね。数ヶ月離れても、まだ相当好きみたいね。逆に、あれだけ愛されれば幸せになるかもよ」

「「それはない」」

ランドも眉を顰めて吐き捨てるけど、あの子たちのことはリットもランドもあんまり好みじゃないのかな？　もしかしたらグイグイ系は嫌なのかも。

ハモる二人に内心爆笑しつつも、一応確認しておこうかしら。

「ちなみにこのあとの観光なんだけど、あのご令嬢たちと会わないわよね？　お店にランドとリットがいないことがわかったら、街中を勢い良く捜しそうじゃない？」

チラッとでも遭遇する危険はなくしておきたい。

なにせ大事な初めての王都観光だ。横槍はいただけない。

リットは私の問いかけに一瞬眉根を寄せたが、すぐにいつもの表情に戻った。

「ああ、その危険性はある。だから少し観光ルートを変更しよう。元は貴族街の商店へ行こうと思っていたが、変更して平民の屋台へ行こう。あそこならあの方たちは絶対に来ないし、チュロスの種類も平民用の屋台のほうが圧倒的に多いしな」

行きたいんだろ？　とリットはチュロス巡りをしてくれるようだ。

「ええ、チュロス巡りもいいわね！　エリもそれで大丈夫そう？」

「大丈夫も何も私はお嬢様についていくだけですし、元々平民街に馴染《なじ》みがありますから。でも、お嬢様はそれでよろしいのですか？　あんなに楽しみにされていたのに」

「ランドが教えてくれたお菓子屋さんに行けないのは残念だけど、チュロスも魅力的な提案だわ。また今度機会があればそのお菓子屋さんに行ってみるし、問題ないわよ」

大丈夫、とエリにニコニコ笑顔で返しておく。

だから、お爺様たちへのお土産は別のものにしようっと。

「では、そろそろ平民街へ行こうか」

ランドの合図で私たちは席を立つ。

レストランを出て、みんなでコソコソと貴族街を抜ける。

平民街で屋台を回ってみたけど、ちらほらと子爵や男爵辺りの身なりの人たちを見かけたので、そんなに浮いてはいないみたいで安心した。

平民からしたら貴族はみんなひとまとめだから、わかんないよね。どこぞのお嬢様のお忍び観光に見えてたら助かる。

リットとランドは、平民の女の子にチラチラ視線を送られてはいたけど……

そして無事に、話題にあがったチュロス屋さんへたどり着いた！

リットの言った通りコンプリートできないほどの種類があるようで、目に付いただけでも十七種類の味があるみたい。いや、さすがに多すぎない？

でも砂糖がかかってないから甘さは控えめで美味《おい》しい！

最終的にエリと分け合ったり、リットとランドが半分食べてくれたりして、七種類のチュロスを味わえた、いや〜、お腹パンパン。

「食べたあとは運動したいわね。ランドの言っていた大聖堂って平民街にあるの？　そこまで歩いていかない？」

たしか成人の儀を行うところだったわよね。下見がてら見たいかも……とランドに聞いてみる。

「ああ、北側の平民街と貴族街のちょうど境界辺りにある。リット、大聖堂なら行っても大丈夫だろうか？」

「大丈夫だろう。まさか、観光地の大聖堂へ俺たちが現れるとは思わないって」

「じゃあ決まり」と言って、私たちはおしゃべりしながら大聖堂へ向かうことにした。

私はリットと手を繋いで歩いている。反対側にはランドが歩いていて、エリも半歩遅れでついてきている。

今日は暑いと言っても薄曇りで日差しはきつくない。

エリは反対していたが、屋台で買ったジュースを飲みながら鼻歌交じりで散歩することにした。

平民街だから顔バレとかもないし、そもそも貴族の皆さんは辺境に閉じこもってる私のことなんか知らないでしょ！

歩きながら甘～いジュースを飲むの、気持ちいい！

歩き食いとか、こっちのお嬢様は絶対しないよね。作法にうるさいロダンやケイトがいなくて良かったよ。予定変更による副産物だったけど、今はお嬢様たちにちょっと感謝だ。

リットもランドも機嫌が良くなってきたし、エリも久しぶりの王都の街並みに目を輝かせている。

そんな感じでるんるんと歩いていると、十分ほどで大聖堂へ着いた。

「うわ～。大きいわね」

大聖堂はめちゃくちゃ大きな建物で、入り口の扉にいたっては、三階くらいまでの高さはありそうなほど大きい。扉は開いていて、大聖堂の中はたくさんの観光客でにぎわっていた。

前世で言うところの『ノートルダム寺院』みたいな荘厳な建物だった。

「こっちは普通の入り口なのかしら？」

私は辺りを見回す。観光客とか平民の人はいるけど、貴族っぽい人は見当たらない。

すると、ランドは私の顔辺りまで腰を落とし、こくりと頷いた。

「そうだ。こちらは平民用の入り口になる。祈りの場も入り口も、貴族と平民は別になっているが、おそらく今日は貴族側には回らないほうがいいと思う。平民と一緒でも平気か？」

「いいわ。気にしない。あ、ねえ、あのランプは平民側からも見えるのかしら？」

別に平民と一緒に祈る分には大丈夫だけど、ランドが言っていたステンドグラスでできたランプを見てみたい。

「ああ、見える」

「やった！」

ランドはよしよしと頭を撫でてくる。そしてすぐに腰を上げる。

「じゃあ、行こうぜ」

そしてすぐに人の流れが動いたので、リットに手を引っ張られて歩を進めた。エリは歩きながら何やら考え込んでいる。おや？

「お嬢、ランプは時間によって色が変わるんだ。面白いぞ」

リットはウキウキで大聖堂の奥へエスコートしてくれるが、エリがやってきたことで一旦立ち止まった。

「リット様、先ほどからあちらの警備騎士がこちらを見ているのですが。お知り合いではございませんか？　あのお嬢様方のこともございますし、口止めされてはいかがでしょう？」

「あぁ～……そうだな。知り合いだ。ちょっと行ってくる」

リットはランドに私の手を任せると、その場を離れた。

「我々は先に行こう」

次はランドに手を引かれ、ステンドグラスでできたランプの前まで進んだ。

「わ～、綺麗～！」

私と同じくらいの大きさがあるひし形のランプは、床から少し浮いてその場でゆっくり回っている。周りは近づけないように柵が置いてあった。

これどうやって浮かしてるんだろ？　魔法かな……？

クルクル回っているから、ランプは様々な色の光をキラキラと反射させて幻想的だ。

思わず見惚れていると、リットが帰ってきて私の肩にポンと手を置いた。

「お嬢。あと一分待ってみろ。色が変わるぞ！」

手を置いたリットに「大丈夫だった？」と騎士のことを聞いてみる。しかしリットは目線をランプから離さず、ランプを指さした。

「ああ。一応口止めはしておいた。それよりほら！」

リットの勢いに負けて、私はランプを再度見る。

その瞬間、ランプは今まで以上に光を放ったかと思うと、虹色に発光し始めた。そしてゆっくりと回転しながら、ふわりと天井に向かって上っていく。

幻想的なランプは天井まで上ると、今度はゆっくりと下がってきた。先ほどと同じように床から少し浮いたところまで高さは戻り、光もまた先ほどと同じものに戻った。

最前列で見学できた私は大興奮のあまり、ランドと繋いでいる手をぶんぶん振り回している。

「すごい。すばらしいわ。なんて素敵なの！」

涙が出そうなぐらい感動である。

リットにも笑顔を向けると、少しだけしたり顔をしていた。

「ええ、何度見ても美しいですね」

エリも胸の前で両手を組んで感動している。

心を揺さぶられるってこういうことを言うんだよね。すごい体験をしたな……

この感動を、帰ったらお爺様や兄さんたちにも話すんだ！

感動に浸っていたら、気がつくといい時間になっていた。

「そろそろ、お土産を買って王都を出ないといけないですね。あと一時間くらいでしょうか」

「じゃあ、急いでお土産を買わなくちゃ。何がいいかしら？」

「そうですね。貴族街ならたくさん候補はあるのでしょうが……」

エリはむむむと考えている。

「露店でもいいのはあるかもしれないぞ。もしなければ、チュロスを大量に買って帰ろう」

「そうね。そうしましょうか」

リットのアドバイスで、私たちはひとまず平民街の露店でお土産を探すことにした。

露店へ向かう道すがら、なぜか私は両手にイケメンを連れていた。

……なんで？　ちょっと恥ずかしいんだけど……

助けを求めるべくエリをちらっと見たが、ニコニコ顔のまま首を傾げただけだった。

……うん、まぁもう、いっか。たぶん何か言ったところで喧嘩になるだろうし。

十分ほど歩いて平民街へ戻り、歩きながら通りに並ぶ露店をチラッと覗《のぞ》き見る。そういえばこの世界の露店って何を売ってるのかしら。さっきのチュロスみたいに、お菓子ばっかなのかな。

「チュロス以外だと、露店って何を売ってるの？」

私は左隣にいるリットを見上げる。

するとリットは肩を竦《すく》めておどけるように答えた。

「色々さ。雑貨やお菓子、食料、アクセサリー、骨董品、書籍……何でもあるよ」

「へ～……それにしてもリットは平民街に詳しいのね？」

「ああ、こっちの街のほうが邪魔されなかったからな」

「あ～、なるほどご令嬢たちね……ということは、ランドも？」

「ああ」

右隣では苦虫を噛み潰したような表情でランドは頷いている。

さすがモテ男だった、というわけね。

ははは、と笑いながら歩いていると、ふとキラキラとした光が視界に入った。

私はモテ男たちの手を引っ張って、とある露店へと近づいた。

テーブルに置かれているのは、光る数珠《じゅず》のようなアクセサリー。よく見ればこの露店はアクセサリーを主に扱っているみたいで、様々な色や形状のアクセサリーが販売されていた。

「いらっしゃい。お嬢さんのような人に足を止めてもらえるなんて、嬉しいよ！」

と、笑顔で接客してくれた。

私は気になった光るアクセサリーを手に取って、値札を確認する。

なんと、一個二千D！　アクセサリーにしては安い！

「ねえおじさま、これって石や色に意味とかあるの？」

「残念ながら、特に意味はないなぁ」

がっくし。パワーストーン的な物じゃないのか。じゃあ何色を選んでも大丈夫ってことね。

「そう、じゃあ、好きな色にしようかな。エリ、お爺様とかお兄様って何色がいいと思う？　お土産には安すぎるかもしれないけれど」

「そんなことはございません。どんな物でもご主人様やお坊っちゃまはお喜びになると思います」

エリが大丈夫だと言ってくれるなら、大丈夫でしょ！　よし、じゃあ、みんなの分を買おう！

私は並べられたアクセサリーをじ～っと見つめる。

「ねぇねぇ、お爺様は渋い感じだからこの茶色はどうかしら？」

「お！　お嬢さんお目が高いね。これは茶水晶って言って、ちょっと値段が高いんだが珍しい石なんだよ」

値札を見ると、一万D。それなら許容範囲内だわ。

「いいわね。これをいただくわ。他も選ぶからもう少し待ってくれないかしら」

「毎度あり～。どうぞどうぞごゆっくり見てってくださいね！」

上機嫌のおじさんの前で、私は兄さんとロダン、マーサ、ケイトの分のアクセサリーを選ぶ。

全て選び切ったところで、リットがこれはどうだ？　と黄水晶のアクセサリーを差し出してきた。

「お嬢のはこれでどうだ？」

「いや、お嬢様にはこれだ」

反対側からランドが深い青色のアクセサリーを差し出してくる。

「お～、お兄さんたちやるね～……で、お嬢さんはどっちを選ぶんだい？」

おじさんはニヤニヤしながら、私を見る。

私用のアクセサリーってこと？　どっちも綺麗だけど、どっちか選んじゃうとまた喧嘩しない？

「私はいいわ。みんなへのお土産で買ってるんだもの」

「お嬢にとっての初めての王都記念だよ。俺がプレゼントするから」

リットはおじさんに支払いを済ませようとしている。ランドもお財布をすでに出していた。とはいえ二つもらっても申し訳ない。

「いいのに。二つももらえないわ」

「じゃあお兄さん方、相談があるぜ」

私がワタワタしていると、おじさんがニヤリと口角を上げて二人を見た。

「お兄さん方が買おうとしてる二色の石がついたブレスレットがあるんだ。こっちを二人で買ってくれないか？　他のより良い水晶を使ってるから、高くて売れ残っていたんだよ。でもこれならお嬢さんの希望もお兄さん方の希望も叶えられるだろ？」

おじさん、どさくさに紛れて高いブレスレットを売りつけようとしてない？

しかしランドはその提案を聞くや否や、すぐに頷いてしまった。

「よしもらおう」

「ええ？　あぁ、まぁ……」

リットは納得してないみたいだったが、喧嘩するのは避けたかったようで、渋々了承していた。

「毎度あり！」

おじさんは今日一番の大声でリットたちにお礼を言っている。

「高ぇもん買ってくれたおまけだ、これをそこのお嬢さんに」

「ありがとう！　おじさん！」

おじさんはエリの瞳の色のピンクのブレスレットをおまけしてくれた。そうよね、私だけじゃあ悪いよね。おじさんにお礼を言い、エリに手渡した。

私はその場で着けて帰ると言い、手にはめてもらった。薄い黄色が二つ並んで小さい濃い青が一つ。交互に並んだブレスレットはとても可愛かった。

「ありがとう、二人とも。いい思い出になるわ」

「いいってことよ」

「……ああ」

買い物を済ませた私たちは、そろそろ領へ帰る時間になってしまった。裏道に入り転移で服飾店へ戻ると、馬車に乗って隣街へと急ぐ。

王都の門でロッシーニを拾い隣街に着くと、一瞬で屋敷の小部屋へ移ったあとは解散となった。

ロッシーニだけがランドの魔法に驚いて口をパクパクしていたが、にこやかなロダンにさっさと回収されていった。

翌日、ロダンが部屋にやってきた。

「王都は楽しめましたか？」

「ええ、初めて見るものばかりで楽しかったわ！」

「聞いた話によると、私がいないからとチュロスを歩きながら食べていたそうじゃないですか……感心しませんね〜」

「え？　何でロダンがそんなことを知ってるの？」

「アークから報告を受けていましたので」

「……アークって誰？」

急に知らない人の名前が出てきたよ。アークなんて人、いた……？

「そういえば、きちんとしたご紹介がまだでしたね。彼は領騎士として雇い入れた一人でして、諜報活動を主にやってくれている騎士です。昨日のお出かけの際も彼は王都にいたので、お供を命じたはずのですが……」

ロダンは顔見知りだと思ったみたいだけど、そんな人と一切会っていない。

「少なくともアークと名乗った人とは会ってないわね」

「あれ、おかしいなぁ」

話が通じ合わず、二人で首を傾げる。

「…………あの」

「うわあぁっ⁉」

そのとき、箪笥《たんす》の影から一人の男性が姿を現わした。

びっくりしすぎて、慌てて椅子から飛びのいてしまった。

文字通り影から現れた男は、ペコリと頭を下げた。

「お嬢様、こちらがアークです。突然現れて失礼しました。私も驚きましたねぇ」

びっくりした、心臓に悪い！　なんだこの人！

「いえ、ごほん。失礼。私はジェシカよ。よろしくね。でも、突然現れてどうしたの？」

「はい。ご挨拶が………本来は、王都でご挨拶をするはずでしたが、出るタイミングを、逃してしまって……」

シャイボーイか!!

「なるほど、わかったわ。ただ今後は、前触れなく現れないようにしてくれると嬉しいわ」

「了解しました」

そう、プライバシー保護は最低限お願いしたい。

アークは黙ったまま一礼して影に戻ろうとしたので、「ドアから出ていってね」とやんわり言った。のちほどロダンがきちんと躾《しつ》けておくと笑顔で言っていたから、それに期待しておこう。

って、違う。あまりの衝撃で忘れかけていたけど、ロダンに話したいことがあったのよ！

「ロダン、ちょっと個人的なことを聞いてもらってもいい……？」

「ええ、大丈夫ですよ」

少々お待ちください、と言って、ロダンはニッコリ笑ってお茶を淹《い》れてくれた。

私はぽつぽつと昨日の王都観光を経て感じ始めたことを、ロダンに話した。

「王都に行って改めて、私の常識がこの世界では通用するのか不安になってしまったの。ドレスやエスコート、身分……どれも前世には存在しなかった。小説とかではあったんだけど、実際体験すると、何と言うか現実を突きつけられた感じがしちゃって」

「ふむ……なるほど」

「今でも夢の中にいるんじゃないかって、怖くなってしまったの……」

「不安ですか？」

「不安というか……漠然としていて申し訳ないのだけど、心に穴が開いてるような感じ」

「お嬢様、こう考えませんか？　その常識や感覚は個性なのです。前世があるから受け入れられないのではなく、性格の一面であると考えるのです」

そしてロダンは何度も大丈夫だと言ってくれる。

十四歳な私と五十四歳な私。どちらも私で、ちょっと人と違うけどこれも個性なんだと。

ロダンの話を聞いて、なんかスッキリしてきた。

「ありがとう、ロダン。自分を受け入れていなかったのは、実は私自身だったのかも」

「悩んで当たり前です。その記憶が蘇ってまだ数ヶ月ですから、心が追いつかないのは仕方ありません」

ロダンの最後の言葉で、私の涙腺は崩壊した。

そのままロダンに抱きついて、よしよしとなだめてもらう。

「大丈夫ですか？　お嬢様！」

そのとき、突然荒々しくドアを開けてケイトが入ってきた。

「ロダン様、お嬢様に何をされたのですか！　こんなにも大きな声で泣かせて……お嬢様？　大丈夫ですか？　どこか痛いのですか？」

突如部屋にやってきたケイトはロダンから私を離して、心配しながら抱きしめてくれる。

「ケイト、問題ない。ご両親のことを思い出されたのだ」

「そうなの。取り乱してごめんなさい」

嘘つかせてごめん、と心の中でロダンに謝りつつ、ケイトに笑顔を見せる。

「そうですか？　辛かったですね」

ケイトはまだ離れずに背中をポンポンしてくれている。優しい。こんなにも愛されているんだ。

「そうだケイト。カイ様の勉強が一段落したのなら、本格的にお嬢様にダンスのレッスンと、貴族社会と社交界の常識を今一度教えてもらいたい。もうすぐ成人の儀が迫っている。今や、ロンテーヌ領は注目の的だ。いらぬ嫉妬を買って、お嬢様を無下にされたくない」

念には念を入れて、表に出る前にきちんと教えてほしいとロダンはフォローしてくれた。さっき、常識云々《うんぬん》って言ったからね。ありがとうロダン。

でもね……本格的って……ケイト先生のやる気スイッチ入りそうなんだけど……

「心得ました。このケイト、どこに出しても恥ずかしくないレディにしてみせます！」

スイッチ押しちゃったよ……とほほ。明日からダンスで筋肉痛の予感……

でも、私も、やっと踏ん切りがつきそうだ。今の私と別の世界の私。

どっちも私でいいんだ。よし、がんばるぞ！

第六章

ケイト先生の熱のこもった指導もあり、ダンスのレッスンや貴族社会の作法の勉強は順調に進んでいた。

そして今日は再び王都へ向かう。ドレスの本縫い前の微調整をしに行くらしい。

結構、早かったね。前回からあまり時間が経っていないような気もするけど。

「エリ、ドレスってこんなに早くできるのね？」

「そうですね。少し早いくらいでしょうか。今回のお店が超一流だったからなのか、それとも店主のサービスなのかわかりませんが」

聞くところによれば、オーダーメイドのドレスって結構時間がかかるんだね。最低でも一、二ヶ月かかるんだ。あれから二週間ちょっとしか経ってないし、気を遣って早くしてくれたのかな？

私たちは前回の王都遠征と同じく、エントランス横の小部屋に集合していた。

「今日はよろしくね。ランド、いつもありがとう」

今回は、私、エリ、ランド、アークの四人。

いつもランドの能力をこんなことに使って、本当に申し訳ない。もっと重要な能力のはずなのに……

「では、早速行きましょう！」

以前と同様、エリの元気な合図でエントランス横の小部屋から王都へ転移した。


「お嬢様、ようこそおいでくださいました」

「こんなに早く仕上げてくれてありがとう。でも無理はしないでね」

ニコニコ笑顔の店主が、今回も門で出迎えてくれた。

「いえいえお嬢様のドレスですから。それに針子たちも張り切っております」

前回と同じ部屋に向かう途中、そんなことを話してきた。

ん？　私って新規のお客だったし、そんなに優先順位は高くないはずでは……？

私の訝《いぶか》しげな表情に気づいたのか、店主は頭を掻きながら苦笑いを浮かべた。

「お恥ずかしいのですが、針子たちがお嬢様のことを好きになったみたいです。お客様に差をつけてはいけないのですが、いやはや」

「そうなの？　私って好かれる要素があったかしら？」

特に何かあげたりした覚えはないんだけど。何かあったっけ？

「はい。前回のご来店時に気軽に話しかけてもらい、あまつさえ『ありがとう』と言ってもらえた、といたく感激しておりました。針子たちも貴族出身ではあるのですが下位なので、あまり上位貴族の皆さまからそう言われることはなくて……」

そんなことで⁉　と思ったものの、何とか声に出さずにとどめておいた。

「ですので、当店の皆はお嬢様のお人柄に好意を抱いているのです。しかし、早期仕上げの件はここだけのお話にしてくださいね」

店主は茶目っ気たっぷりにニコッと笑って小声で教えてくれた。

まさかの、『無闇矢鱈《むやみやたら》にありがとうを言わない』というケイト先生の忠告を忘れてたのが功を奏したってこと⁉　ラッキーじゃん！

それは公爵令嬢としてはいかがなものかしら……

とりあえず「……ほほほほほ」と笑って誤魔化《ごまか》しておこう。

そんなことをしている間に目的の部屋にたどり着き、店主は出来上がった仮縫いのドレスを見せてくれた。

「わ〜！　すごい‼」

それは、まさに前世でのウェディングドレスのような純白で、プリンセスラインのふわっとした可愛いデザインのものだった。結婚式でもないのにこんな豪華なドレスを着ていいなんて、テンション爆上がりだよ！

「あとでフィッティングをしていただきますが、先にドレスにつける細かな装飾を決めたいと思います。何かご希望はございますか？」

「シンプルで今のままでも十分可愛いと思うけど？」

私の目はドレスに釘付けである。もう可愛いからいいじゃん！

「いけません、お嬢様！　この状態はまだ仕上がってないので、笑い者になってしまいます！」

そうなんだ。シンプルなのが好きだし白のフリルが光り輝いてて綺麗なのにね。

私はエリの視線から逃げるように店主へ向き、「ほほほっ」と言いながら話しかける。

「そうなのね。じゃあどんなモチーフがあるのか見せてもらってもいいかしら？　恥ずかしいけれど、私ドレスを自分で注文するのが初めてなのよ」

「いえいえ、誰でも初めてがございます。何でもおっしゃってくださいませ」

店主は側にあった棚から、色々なモチーフのデザイン画を取り出し、机に並べ出した。

リボンや花、紐、宝石といったモチーフが、可愛いものからかっこいいものまでたくさん描かれている。

やっぱり宝石のやつは目を引くな〜。後ろの腰に大きいリボンも可愛い。

小さい花を散りばめたのもいいな。でも……お高いんでしょ？

私はエリの耳元に顔を寄せる。

「エリ、予算的にはどのライン？」

エリはすんと黙ると、肩からドレープがかかりお腹部分にちょこんとリボンがある絵を指さした。

そうか、あまり候補は多くないってことね……この中では一番ベタでシンプルだもん。

「店主、実物のリボンを見せてくださらない？　同じ白色で、できれば細いのがいいわ」

店主は一瞬びっくりしたが、さっと元のスマイルに戻り、奥からリボンをいくつか持ってきてくれた。しかし不思議そうにこちらを見ている。

「これらは、あまり成人の儀のドレスには使用されないのですが、よろしいのでしょうか？　もし被りを気にされているのであれば、今ここに並べられている絵は全て今回のドレスのために描かれたデザインですので、ご安心いただければと」

リボンを並べながら店主も困惑している。そうだよね。オーダーメイドだからデザインまでしてくれたんだもんね……。

でもね、そこまでやらせておいて何なんだけど、お金がないの！

……とは言いづらい。一応公爵令嬢なので、お金云々《うんぬん》は声に出せないのだ。

「この絵も素敵なんだけど、よくある感じとは違うデザインがいいの。例えば、このリボンをドレスに三周させるの。アクセントに同じリボンを蝶々結びしたものをドレスに何個も付けるのよ。そしたらシンプルだけど可愛い感じにならないかしら？　あとは裾に同じ白色のレースを付けてもらえば、結構見れるようになるんじゃないかしら？」

「なるほど……」

私の言葉を聞いて、店主は考え込んでいる。

そこへエリが店主へ耳打ちする。エリはたぶん予算を言ってしまったのかな？　店主は公爵令嬢だから『このぐらいの予算のドレス』で用意してくれたんだろうけど、ごめんね。店主さん。

「わかりました。本縫いまでに調整いたします。デザインはお嬢様の意見を取り入れさせていただきます。ご安心ください！　誰もが見惚れるドレスを作ってみせます！」

今度は店主がやる気になったよ！　エリ、何て言ったの？

「ええ。でも、本当に無理はしないでね。私は元々シンプルなデザインが好きだから、目立たない感じにしてくれると嬉しいわ」

ほどほどにお願いしますよ、店主さん。店主はうんうんと頷いて、針子たちと交代した。

その後はフィッティングを終え、ランチをして帰ることにする。今度は一ヶ月後だね。

「お嬢様、前回行けなかったお菓子屋へ行こう」

ランドがお菓子屋さんのことを覚えていてくれたようだ。

「そうね、エリ、時間はあるかしら？」

エリも行きたかったみたいで「今日はこの後の予定がないので大丈夫です」とノリノリだ。

レストランでランチを食べ終えて出ようとしたところで、一人足りないことに気がついた。

「あれ、アークは？」

キョロキョロと周囲を見る私の隣で、エリは私の足元を指した。

人がたくさんいる所が苦手だから潜んでいるんだそう……って引きこもりか！

「そう、いるならいいの」

気を取り直して、見かけ上は三人でお菓子屋さんへ向かう。

貴族街にある一見《いちげん》さんお断りのお菓子屋さんで、なんだか前世の京都にあった老舗《しにせ》を思い出す。

「今日もランドが予約をしてくれたの？」

「そうだ」と言って、彼は優しく笑う。

私はランドにお礼を言うとみんなでお店に入り、お土産のお菓子を選び始めた。

マカロンやケーキ、ミルクレープなんかもあったが、もしかしてイタリアンシェフの仕業？　それとも他のパティシエとかがいたのかな？

ってことは、少なくとも料理無双はできないじゃん！

「お嬢様。喫茶スペースもありますので、食べていきませんか？」

エリの顔には『食べようよ！』と書いてある。

「しょうがないな～。皆で食べましょうか」

私たちは甘いお菓子で午後のティータイムとしゃれ込んだのだった。


美味《おい》しい王都でのお買い物から数週間が経ったある日、私の部屋に顔を出したのはマーサだった。

「お嬢様、久しぶりね」

どっさり資料を机に置いて、美魔女は疲れた様子だった。

「なんか疲れているみたいね。大丈夫？」

目の下の隈がやばい。服も簡素なワンピースにエプロン……どうした？

遅れて、ランドも部屋へ入ってきたが、ランドもなんか疲れている。

聞けば、昼は長ウリ研究、夜はある魔法陣研究と、ほとんど休みなしにやっていたそうだ。ワーカホリックか!!

「それでお嬢様、今いいかしら？　色々と報告があって人払いをお願いしたいの」

人払い……？　と思いながら、ケイトとアークに下がってもらう。

二人が出ていくのを確認して、マーサは小声で話し始めた。

「以前お嬢様に、私が付与魔法の研究をしていたとお話ししたのは覚えてる？」

「あぁ、上級学校にまで行ったのよね？」

「それなの！」

急に大声になったマーサは、私が王都土産にプレゼントしたブレスレットを資料の上に置いた。

「お嬢様にブレスレットをいただいてから、毎日着けていたの。それであるとき、ふと付与の魔法陣に触れたら光ったの！　これはと思って、ランドに頼んで急いでその露店でありとあらゆるブレスレットを買い漁ってもらって色々試していたら、このいただいた透明の水晶にだけ魔法陣が反応することがわかったの！」

大興奮のあまり、マーサは水晶のブレスレットを握りしめて振り回している。

「なぜ今までわからなかったのかしら？　水晶なんて素材、みんな知ってるんじゃないの？」

「原因は二つ考えられるわ。水晶は石の一つなんだけど高価なものではないから、貴族、つまり魔法に触れる機会がなかったこと。あとは、この付与の魔法陣を誰も作らなかったこと」

「偶然見つかって良かったわね！」

「お嬢様、私は長年、付与魔法を研究してきたけど、力を込めることばかりに重きを置いていたので気がついてなかったわ。魔力を物に閉じ込めるのではなく、魔力を内包する物を媒介し魔法を発動させればいいってことにやっとたどり着いたの！」

あ〜、それでこの水晶を持ってきたのね。マーサの研究は一歩前進したのね。

「それで私に報告ってこのこと？　お土産であげた物だし好きにしていいのよ？」

「違うの。私も今回の発見はとてもとても嬉しかったのだけど……」

そう言って、マーサは少しだけ困った顔になってしまった。あれ、嬉しいんじゃないの？

「ただ、こうも考えられるわけ。まだどのぐらいの力が秘められているのかは実験中だけど、あまりにも膨大な魔力があって、しかも人の魔力を注ぎ込むことができてしまったら、兵器にもなりえるんじゃないかって思って……ちょっと躊躇《ためら》ってしまって……」

ランドも真剣な面持ちだ。

「魔法の出力値は個人の持つ魔力で違ってくる。今は各国に膨大な魔力保持者がいても数が極端に少ないので、大規模な戦争に魔法は使われていない。しかし、これが研究され応用されれば、必ずや魔法を使った大きな戦争が勃発するだろう。今はどの国とも関係は良好だ。これを世に出してはいけないんじゃないかと、思ったんだ」

「なるほど……兵器か」

そうか、戦争になっちゃうのか。それはヤバイな。

「私は、便利な道具ができればそれでいいのよ。元々は私のお婆様が魔法を使えなくて、肩身の狭い思いをしたって聞いたものだからこの研究を始めたのに……兵器だなんて」

マーサは半泣き状態だ。

「マーサ、気を落とさないで。悪用されない方法も一緒に探ってみましょう。悪用されなければ、こんな便利な物はないわ。そうでしょ？」

よしよしとマーサに駆け寄ってなだめる。くたびれてても美魔女はいい匂いがする。

「そうね。もし他国が悪用して戦争に使ったとしても、律せられる法ができるかもしれないわね」

マーサは少し立ち直ったみたい。良かった。

「でもせっかくの発見だけど、マーサやランドの言う通り、兵器となるとお爺様やロダンにも報告しないといけないわ。資料はまとめてある？」

「それが、十分な実験ができてなくて、提出用はまだないの。でも時間はかかるけど、すぐできるわ」

えっ？　どっち？　時間がかかるの？　すぐ？

私の困惑っぷりが面白かったのか、潤んだ目を拭いながらマーサは笑った。

「検証に時間がかかるだけで魔力を含む水晶はここにあるの。実験に一生かかるってことじゃないってことよ。たぶん一年以内にはできるわ」

と、美魔女は笑顔になっている。ランドも頷いている。

「では、検証の結果を待つわ」

「ええ、ありがとうございます！」

マーサは安心したのか、ぐびぐびと冷めた紅茶を流し込んで「はぁ～」とソファに沈み込んだ。

そんなある日、私は熱を出してしまった。この数ヶ月色々ありすぎたから、ちょっと休息だよ。

熱は二日ほど続いたものの、三日目にはやっと回復して、元気になった。

う～んと背伸びすると背中からバキバキ音がする。

「お嬢様が元気になられて良かったです。明後日にはドレスの試着の予約が入っていますから」

エリは相変わらず王都行きが楽しみな様子だ。仮縫いを終えて、ドレスもついに完成だもんね。私もテンション上がってるよ。

しかし、ケイトがそんなエリを見て、おや、と怪訝《けげん》な表情になった。

「エリ、次回は私とロダン様が付き添いですよ」

「……え」

途端、エリが絶望的な顔になって膝から崩れ落ちる。

それにしてもロダンが付き添いなのか……何か別にやることでもあるのかしら。

「ご主人様が王都にタウンハウスを購入されるとのことで、ロダン様が下見に行くそうです。今後、カイ様やお嬢様が学校へ通うのにも便利になりますし、事業のことを考えるとどうしても王都に拠点が必要ですから。王都行きの度にランド様にお願いするわけにもまいりませんし、ランド様の能力が漏れる懸念もあります」

「そうなると、私はランドに送ってもらうんじゃなくて、タウンハウスから学校に通うことになるのかしら？」

「そうですね。なので休日に領へ帰郷される感じになります。それにランド様の転移する場所の確保という意味でも、タウンハウスは必須なんです」

そうなんだ。色々とこの領も動き出しているんだね。

「ちなみにですが、タウンハウス付きの執事はミラン様の予定ですよ」

と、ケイトはふふふと笑いながら教えてくれた。

その二日後、すっかり体は回復して王都へ向かうことになった。メンバーは私、ランド、ロダン、ケイト、リットの五人。今日の今日までエリは王都行きを希望していたみたい。

「では参りましょうか」

五人は手を繋ぎランドの特化で転移する。

今回はエントランスの小部屋から、服飾店がある通りの時計屋さんの裏手にある小屋のさらに裏へ転移した。以前転移したときに人気《ひとけ》のない場所をチェックしておいたのだ。さすがに毎回馬車を一時間借りるのは、手間もお金もかかるからね。

「お嬢様、徒歩であの服飾店に向かうのは怪しまれますから、一旦ここの時計屋の中でお待ちください。馬車を借りてまいります」

そう言い、ロダンとリットは足早に表通りへ出ていった。

「お嬢様。ロダン様のおっしゃった通り、時計屋さんに入りましょうか」

ケイトに促されて、私たちは表通りまで出て、時計屋さんに入った。ランドは店の前で護衛のために待機だ。

カランカランと小気味いいドアベルが鳴ったが、人が出てこない。というか店の中にもお客さんがおらず、とても静かなお店だな。

お店にはアンティークな時計が所狭しと並んでおり、真鍮《しんちゅう》の古めかしい感じが味がある。

時計か……これも過去の人の知識無双とか技術無双だったりするのかな？

比べて私は……と考えてしまう。何をどう頑張ろうと、ただの元主婦。は～、もっと主婦やってるときに手習いでも何でもやってれば良かったな。

そんな感想を心に押し込めつつ、きょろきょろと商品を見ていると、建物の奥から主人と思しき白髪の男性が顔を出した。

「あ～、いらっしゃいませ」

「お邪魔しております」

ケイトが挨拶をし、時計を見ていると話している。白髪白髭の店主は私に柔和《にゅうわ》な笑みを向けた。

「お嬢様は時計を見るのは初めてなのかい？」

「そうね……城では見たことがないわ」

ロンテーヌ領では見たことがない……というのは嘘ではない。

「小さな箱型の可愛らしい時計がご主人様の執務室にございますよ」

「箱型かい？　そりゃ～何十年も昔に流行《はや》った型だね」

サンタクロース並みの白髭を指で触りつつ、店主がニコニコしながら言う。

「流行《はや》りがあるのね？　今はどんな形なのかしら？」

「今はねぇ……これだよ」

店主が差し出したのは、キーホルダーのようにストラップがついた、掌にすっぽり収まりそうなくらいの小さな時計だった。

「これは振動で勝手に巻いてくれるから人気なんだ。小さいし持ち運びにも便利だよ」

振動で巻く……？　時計で何を巻くんだろう……と首をひねる私に、店主は丁寧に説明をしてくれた。

「お嬢様の家にあるような持ち運べない時計は、裏側にゼンマイがあって、一日一回手で巻いて時計の針を動かせるようにするんだ。でもこの型は歩く振動を使って巻いてくれるから、巻き忘れがないしポケットに入れておけば勝手に動いてくれるんだ。だから重宝されているんだ」

「便利なのね。では、この時計はおいくらかしら？」

小さな蝶がモチーフの時計を指差した。店主の言った、持ち運びできるタイプの流行《はや》りの時計だ。兄さんに貰った髪飾りに似ていて、ちょっと欲しい。

「裏を見てごらん」

店主に促されて値札を見て、私はそっと元に戻した。

ケイトはおおよその価格帯を知っていたようで、私の焦る様子をニコニコしながら見下ろしていた。

二十七万D。高っ！

だからロンテーヌ領ではあまり見ないのね。前世で言うブランド物の時計とかなのかな？

「ほほほほ、あら執事が馬車を持ってきたから、また今度にするわ。お邪魔したわ」

なんだか恥ずかしくなってきてしまい、私はさっさと店を出てしまった。嘘をついていたが、ちょうどタイミング良く、店の前に馬車が停まった。ラッキー！

馬車からはロダンが降りてきて、笑みを湛《たた》えてエスコートしてくれた。

「お嬢様、楽しまれましたか？」

「ええ。時計って高いのね」

「あぁ。値札を見たのですね。そうですね。ピンキリですが。一生物と思えば安いのかもしれません。高位貴族ならおそらく皆持っていると思いますよ」

そうなんだ……ウチは高位だけど、そういった意味では違うものね。

それにしても二十七万は、雲の上の存在だわ。

「五年後にでもお爺様におねだりするわ。さ、服飾店に向かうわよ！」

切り替えは大事よね。私の合図とともに馬車が発車した。

服飾店にたどり着きいつもの個室へ案内される。すると、服飾店の店主はロダンを見るなり目を瞠《みは》り、ロダンに握手を求めてきた。

「おぉ、ロダン様じゃありませんか？　私を覚えてらっしゃいますか？」

「あ～、あなたのお店でしたか。この度はお嬢様の件、ありがとうございました」

ロダンも一礼しつつ、握手に応じている。

「止めてください。天下の騎士様にお礼など。恐縮してしまいます」

「ナダル、私は今、ロンテーヌ領の執事をしている。騎士ではない。あと、お嬢様、失礼しました。ナダルは若い頃、騎士団の制服を手がけていたんですよ。元は伯爵家の者で今は男爵です。ご自身のお店を持たれたのですね。おめでとうございます」

「いえいえ。あの頃があったからこそ今があるのです。ロダン様には大変お世話になりました」

服飾店の店主——ナダルは男性だけど服に興味があり、文芸科へ進んだそうだ。

次男なので、いずれは家を出て職人になりたいと思って、がんばって女子に混じり針仕事を覚えたそうだ。

しかし、針子としては平凡な技術しか持っていなかったが、今の奥様に出会い二人で店を構えることにし、自身は元伯爵家の人脈を元に経営を、奥様はデザイナー兼お針子として、現在のような大きなお店を作りあげたんだって。

「現在は男性も女性も関係なく、活躍できるようになってきましたからね。今の王に感謝ですよ。男が女に混じってもおかしくなくなりましたからね。はははははは」

あれ、ケイト先生。話違くない？

目を見開いてケイトを見ると、ケイトは眉尻を下げて微《かす》かに微笑んだ。

「私が教えたのは高位貴族の令嬢のお話ですよ。高位貴族の令嬢は普通お仕事はしませんから。ですので誤解を与えたかもしれませんね。とはいえ、女性の社会進出はここ二十年ほどの出来事でして、最近の話なのです」

え～。それならそうと、早く知りたかったな～。

「でも、お爺様は私が内政に参加するのは否定的だったような……」

「はい。それは領主の内政ですから。領主はどの職業とも比べられませんし、やはり伝統が色濃く残りますので」

ケイトに続くように、ロダンが優しく教えてくれた。

なるほど。領の内政は男子継承の後継の仕事。高位の夫人や令嬢は主人を支えるのが仕事だそうだ。何だか領主だけ封建的だな。

いや、待てよ。領主しか知らない秘密ってのがあったから、余計にそうなるのか。

「わかっているわ。私はその領主の令嬢だもの。ケイトごめんなさい」

「いいんです。私も悪うございました」

と、ケイトはすまなそうな表情から一転、ニッコリしてくれた。

「では、ドレスの仕上がりを見ましょうか」

ロダンがそう言うと、ナダルは豪奢《ごうしゃ》なドレスを持ってきてくれた。

キラキラ光る白い生地をふんだんに使ったプリンセスラインのドレスで、腰の部分は細いリボンが半円状に縫いつけられていて、それが腰を一周するようにいくつもついている。

アクセントとして同じリボンで作った蝶々結びのリボンがつけられており、中心には小さい真珠のような丸い石がついている。

スカートの裾はレースで囲われていて、胸元のV字ラインにも大きな襟のレースがつけられていた。

私のあの一言が、こんな素敵なドレスになるなんて！

「素晴らしいわ、ナダル！　本当にありがとう！」

胸の前で手を合わせドレスに見入ってしまう。さすが高級ブティック。職人の腕が違うのか？

「いえ。これはお嬢様のアイデアがあってこそです。シンプルにとの仰せでしたので、ドレス生地の光沢を少し控えまして、その分、パールを入れることができました。何と言ってもこのリボンの使い方は素晴らしいです。今はわかりませんが揺らしてみると、リボンが跳ねてスカートが何重にも広がったように見えて花が咲いたようになるんです。ぜひ一度着てみてください」

と、私じゃなくてなぜかナダルが興奮している。

よしよし了解した、と私は店員の力を借りて部屋の端にある試着室で着替える。

着替え終えたあとに「ジャジャーン！」と言って試着室を出た瞬間、ケイトの叫びが部屋に響いた。

「お嬢様！！！」

その目尻には涙が浮かんでいる。ロダンは「お〜」と静かに拍手していた。

今まで黙っていたランドやリットも目を見開いて見てくれている。

「ぜひ鏡でご確認ください」

ナダルに促されて、鏡の中の自分を見てみる。

「か、可愛い!!」

「その場で回ってみてください。するともっと可愛いです」

逸る気持ちをグッと抑えて、ナダルの言う通りくるっと一回転してみる。

するとスカートについた細いリボンが、回った拍子にふわっと浮かぶ。本当に花びらみたいで、可愛いよ〜！

節約しようと出した案がこんなになるなんて。グッジョブ！　私！

「大変お似合いでございます。シンプルながらも可愛さが十二分に出ており、なにしろお嬢様のイメージにぴったりです」

ケイトは拍手喝采だ。

「ロダン、これは格式的に問題ないかしら？」

「はい。公爵令嬢としても、成人の儀のドレスとしても問題はございません」

ロダンも「お似合いです」と褒めてくれた。

「では、腰の周りを少し抑えれば出来上がりですね。三日ほどで出来上がります。ではこちらの手袋と靴もご確認ください」

ナダルに促され、手袋と靴を確認して成人の儀のドレスの試着は終わった。

そのあとは一緒に頼んでいたドレス二着も確認した。黄色のドレスと落ち着いた銀色のドレス。

黄色のドレスは、シンプルなAラインで小さな花のモチーフが何個もスカートに散りばめられていて、胸元は白の丸襟だ。

シルバーのドレスは、スカートの後ろの裾が少し長くなっているパーティードレスで、スカート部分は総レース。胸元はオフショルダー型。腰には光沢のある暗めのピンクの幅のあるリボンを巻いて蝶々結び。

はぁぁぁ～！　なんて素敵なの！

……てか、これ予算オーバーじゃない？

「……ナダル。これはとっても素敵なんだけど……」

「大丈夫ですよ。ご心配にはおよびません」

……絶対高いよね。私がロダンをじっと見上げると、即座に「大丈夫ですよ」と頷いた。

よっしゃ～！　素敵なドレスもゲット！

そりゃ、みんな奮発するわけだ。ドレスって楽しい！　やっとエリの気持ちがわかったよ！

全ての試着を終えて、少しだけソファでゆっくりくつろいでいると、ナダルが真剣な表情で、私の対面に腰を下ろした。

「お嬢様。大変恐縮ですが、このあとお時間をいただけないでしょうか？」

「ロダン。大丈夫かしら？」

「問題ございませんよ」

ロダンは頷いて、ナダルを促す。するとナダルは恐る恐る口を開き、話し始めた。

「今回のドレスで使ったリボンの技法なのですが、お嬢様さえよろしければ、このアイデアを譲ってはいただけないでしょうか？」

「それは別に構わないけど……」

「さようですか！　ではこちらの契約書にサインをお願いいたします」

と、契約書を差し出してきた。え、契約書？

「え～と。ごめんなさい。どうして契約書が出てくるのかがわからないわ」

ロダンに視線で助けを求めると、ロダンは「失礼します」と一言言って、隣に座ってくれた。ナダルから差し出された契約書を、ロダンは一読した。

「今回の成人の儀のドレスで使用したリボンの技法が、初めてのデザインになるので、ギルドで特許を取りたいそうです。その際に、アイデアを出したお嬢様の許可が欲しい……とのことです」

「そんなの私は何もしていないのだから、ナダルが勝手にしていいわよ。それに出来上がったドレスも、私が出した案より数段良くなっていたし」

ナダルは困惑しながら、ずいっと顔を寄せてくる。近い。

「いえ。これはお嬢様のアイデアなのです。元々あるデザイン画に付け加えるのなら一言断ってから私どもの名で特許を申請いたしますが、今回はお嬢様が発案したデザインですので、お嬢様に許可を得てから、私どもの店で使う必要があるのです」

「そ、そうなんだ……」

「今回の成人の儀でお嬢様が着用されれば、瞬く間に社交界で人気になるようなデザインです。私どものためにも、何卒サインをお願いいたします！」

「わ、わかったわ。その前に契約書を再度見直してもいいかしら？」

なんだかちょっとだけ怖くなって、私は机に置かれた契約書を再度読み直した。

特許出願者はナダル。私はアイデアを出した発案者。ナダルはその技法を使ったドレスの売上の三パーセントを私に渡す、という契約みたい。期間は特許期限の三年。

「そうね。一つ聞きたいんだけど、その特許出願書とやらには私の名前が載るのかしら？」

「はい。発案者として記載されます。そのあと世間には公開時に名前が広まるでしょう」

嫌だ、なるべくなら露出は避けたい。

「じゃあ悪いんだけど、私の望む契約書に書き直していただけない？　それならサインをするわ」

「えっ？　三パーセントでは低すぎましたか？」

「いいえ、お金の話じゃないのよ」

私は目を大きく見開くナダルに、首を横に振った。

「私、あまり目立ちたくないの。だから特許申請の発案者もナダルにしてほしいのよ。それとは別に、私とナダルの個人的な契約書を作成してほしいんだけど……」

ナダルは口を開けて呆けている。

「ナダル？　大丈夫？」

反応がなくなってしまって、私は「お～い」と顔の前で手を振ってみる。しかし、ケイトに咳払いで注意されたので、次はナダルの顔の前でパッチンと手を打った。

「はっ。失礼いたしました。ご自身のアイデアなのに名を出したくないなどというのは想定外でして……恐れながら、お嬢様の今後のためにも、社交界にて箔がついたほうがよろしいのではないでしょうか？」

あ～、そういうこと。お嬢様としての箔ね。

「ええ。私はそういったのはいらないの。この条件を呑んでくださらないなら、どの契約書にもサインはいたしません。ごめんなさいね」

ごめんね。目立ちたくないんだよ。

「……わかりました。では、契約書を作り直してまいります。しばらくお待ちください」

と、ナダルは足早に部屋を退出した。

「ロダン。何も言わないでね。私が意図してやったことじゃないから、目立ちたくないの。ただそれだけなのよ」

しゅんとする私にロダンは「大丈夫ですよ、お嬢様のお好きなように」と、なだめてくれた。しばらくすると、ナダルが戻ってきた。

「こちらでいかがでしょうか。これ以上は私も譲れません」

と、契約書を出してきた。

ん？　どれどれ。

私は特許が切れるまでの三年間、店の協力者として年間金三百万Dの報酬を受け取る。

契約の証《しるし》として、成人の儀のドレスとオーダーメイドのドレス二着、既製品五着の計八着を贈呈する。

今回のデザインのドレスは、私の成人の儀が終わるまでは他の人に販売しない。店の協力者をしていることは社外に秘匿することを誓い、万一、漏洩があった場合は金一億Dを賠償する。

契約は契約書にサインをした日から有効となる。

簡単に言うとこんな感じ。

「ロダン、見てくれない？　なんかちょっと多すぎないかしら？」

ちょっと怖くなってきて、隣のロダンはまたもさっと目を通し確認してもらう。

「ふむ……三百万Dは妥当な金額でしょう。ドレスの売れ具合にもよりますが……問題ありません。ドレスもこの際いただきましょう。準備の手間が省けました。それよりもナダル、未成年の保護者として私の名前を書き足してほしい」

かしこまりました、とナダルは保護者欄を書き足してくれた。

「いざというときのために、私の名前も連名にしましたから心配いりません」

いやいや、そういうことじゃなくて。アイデアだけで三百万って……なんか感覚が違うんだね。わかった。降参ですよ。

「なんだか、こちらが申し訳ないわ。ドレスまでいただいてしまって。ナダル。これで結構よ。特許の件、ありがとう」

と、私は笑顔でサインをした。臨時収入だし、ドレスもタダになったのは純粋に嬉しい。

「いえいえ、今回は私どもが得をいたしました。この業界ではそうそう新しいデザインは出てこず、以前の物をちょっとアレンジしたりするだけですから、どうしても似通ったデザインになってしまいます。ですから、新しいデザインを発案した者は名声がグッと上がります。これはお金では買えません。こちらこそ、寛大なお気持ちに感謝いたします」

ナダルは今や私に最敬礼をしている。き、気まずい。

「そんなことしないで。ビジネスパートナーですもの、対等でいましょう。今後、こちらに頼みづらくなってしまうわ」

「はははは。お嬢様は実に欲がなく清廉された方だ。感服いたしました。今後はこの店『ミシュバール』のナダルに何でもご用命ください。どこよりも早くステキにご希望を叶えさせていただきます。私ナダルは、お嬢様の僕《しもべ》となりましょう」

「ふふふ。僕《しもべ》だなんて、やめてちょうだい。そういうことなら契約を破棄してしまうわよ。だから、ね。友達になりましょう。とても素敵なお友達ができたわ。今後ともよろしくね。そしてナダル、色々とありがとう」

と、私も一礼したら、ナダルは感動して、握手をした手が震えていた。そんな大層なことをやったわけじゃないんだけどね……ナダルは名声を、私はドレスをゲットして、ＷＩＮ―ＷＩＮなのにね。

とはいえこれで、将来作るつもりのアレが頼みやすくなったわ。領で必ず服を作ってみせる！

それで大いに駆け回りたい！　コルセットは嫌！

この後私は早速いただいた既製品のドレスを着させてもらった。ワインレッドのワンピース型の外出着だ。本当にナダルはセンスがいい。あとはお店を出て領へ帰るだけだ。

と、その前に、ロダンがタウンハウスを見ると言うので、私はついていくことにした。ランドとリットは別件があるとのことで、私とケイト、ロダンの三人は馬車に揺られてタウンハウスの予定地へ向かう。

「お嬢様、よろしゅうございましたね。あんなステキなドレスに仕上がって」

ケイトは成人の儀のドレスが気に入ったらしい。あれがいい、この部分が良かったと絶賛中である。ロダンも、「慎ましやかなお嬢様を誇りに思います」と、契約に関して褒めてくれた。

……そんなつもりじゃないのよ。ただただ節約のためにアイデアを出しただけなんだよ。

なんだか恥ずかしくなりながら、私は馬車の中での褒め殺しに耐えていた。

ちなみに、タウンハウスはあっさりと決まった。

ロンテーヌ領の城より大きいお屋敷で、よくこんな屋敷が空いていたものだと驚いてしまった。

「ロダン、大丈夫なの？　大きすぎない？」

ロダン曰く、本来はこのぐらいの規模の屋敷が公爵位に合うのだそうだ。

「ちなみに左隣はトリスタン侯爵邸、右隣は宰相邸です。こちらの屋敷は、先々代の王の第三夫人が余生に住まわれておりました。二年ほど前にお亡くなりになったので、空き家になっていたのを譲っていただきました」

へ～、それでこんなにも門が立派なのか。

「ふふふ。お嬢様。そのうちに慣れますよ。チュロスもこちらにはございますので、てっきり『王都に住む！』と、おっしゃると思っておりました」

はははは。食いしん坊キャラになってるじゃん。

「も～、ケイトったら。私は田舎でのんびりしたいのよ。領のほうが好き勝手できるしね」

「では、お嬢様。一度領へ帰りましょうか？」

ケイトに促されて、私はこくりと頷く。ロダンが『帰りにチュロスを買いましょう』と言ってくれた。

第七章

兄さんは学校に復学するため早めに王都へ旅立った。

私は儀式までの間、領内を視察したり勉強漬けの毎日を送ったりしていた。特にマナーの勉強は、儀式後の王様との謁見時の挨拶の仕方や口上、歩き方などをみっちり仕込まれた。

ちなみに、謁見後にパーティーとかはないらしい。年が明けて最初の王族主催のパーティーが、正式な成人デビューになるそうだ。


そんなある日、エリが興奮気味に紅茶を淹《い》れてくれた。

「王都のお屋敷に届いたお嬢様のドレスを拝見しました！　素晴らしい仕上がりですね！　あのドレスは絶対流行《はや》りますよ！　上位貴族の成人の儀は結構見学者が多いですから。大注目されること間違いなしです！」

「……エリ、見学って何？」

聞き馴染《なじ》みのない言葉が聞こえ、私は訝《いぶか》しげに彼女を見た。

「あぁ、お嬢様はご存知ないですね。前回、大聖堂へ行ったときは平民側の入り口でしたからね」

「そういえば、平民側と貴族側だと造りが違うって言っていたわね」

「はい。貴族側の入り口は吹き抜けで上部が出入り自由のバルコニーになっているので、そこから儀式の様子が見られるんです。私たち子爵や男爵は数が多いので、列になって『はい、次。はい、次』と、どんどん儀式を進めていくのですが、最終日の上位貴族組は、一人一人大司教様が直々に行ってくださるんです」

そんな流れ作業でいいの？　成人の儀だよ？

私はさらに怪訝《けげん》な表情になってしまうが、エリは話に夢中で気づいていないようだ。

「その様子を見るために毎年、結構な数の見学者がやってきます。ドレスを見に来る者や次期領主を見に来るご令嬢方などです。あとは付添いの使用人たちの待機場にもなっています。儀式中は豆粒みたいに小さくしか見えないんですけどね。儀式の入場の際にバルコニー近くを通りますので、それを見に来るんですよ」

「何だか大層なことになっていない？　コソッとできないのかしら？　いっそ今年だけ見学禁止にする？　いや、バルコニーとやらを事故に見せかけて叩き壊す？」

私は動揺と緊張のあまり、心の声が外に出てしまっていた。

「お、お嬢様！　冗談でもバルコニーを壊すとか言っちゃダメですよ。大聖堂は国の物ですから王様に怒られてしまいますし、最悪不敬罪で捕まりますよ」

エリは大慌てで私の口を塞ごうとする。そうやってワタワタしていると、側で待機していたランドにお決まりのように笑われてしまった。

「だいたい儀式で魔法判定するなら、あまり見られていいものじゃないじゃない？」

「判定の玉は両手で持てるぐらいの小さな物ですし、バルコニーに背を向けるので玉自体が隠れて見えません。大丈夫ですよ」

そうだったんだ。なら安心……かな？

マナーのことで頭がいっぱいで会場のことなんて聞いてなかったな。

でもエリに今聞けて良かった。本番当日、ドアを開けたら『なんじゃこら』ってなるところだったし、私、顔に出てしまうと思うんだよね～。

「お嬢様は公爵令嬢なんですから、これからは人の目にも慣れなくてはいけませんよ」

エリはなんてことないように言うが、私はゴメンこうむりたい。

どうしよう目立ちたくない。そうなるとは予想しておらず、シュンと肩を落としてちょっと憂鬱《ゆううつ》になってしまう。

すると、そんな私の様子を見かねたのか、ランドが私のもとにやってきた。

「お嬢様、あんなに楽しみにしていた魔法判定もあるんだ。悪いことばかりじゃない。見学者なんて所詮他人だ。気にしなくていい」

「そうね。見学者はミーカだと思ってやり過ごすわ」

「あはははははっ。ミーカって」

投げやりな言葉が彼のツボにハマったのか、大爆笑である。

「笑いすぎよ、もう……。エリ、他に何か注意することはない？」

「う～ん、私たち子爵組は側にいた方とお友達になったり、順番を待つ間におしゃべりをしたりしてました。ある意味社交なんでしょうか。ランド様はいかがでしたか？」

「俺か？　俺は特に。入場は下位貴族からだったから順番が来るのが遅かった覚えはある。その際に領地の分家や親類から挨拶があった。入場後はエリと同じような感じだ。儀式を終えると、そのまま王城へ向かって王と謁見し終了だ。その後は家族や親族が集まって身内だけで成人のお祝いをする」

なるほど〜。たしか儀式自体は昼までには終わるらしいし、そしたら夜は家でパーティーか。

「そうだ、パーティーで家族から成人の祝いの品を貰えるぞ、お嬢様。何か頼んでないのか？」

「え〜、聞いてない！　でも、貰えるなら何でもいいわ。気持ちですもの」

やっほい！　誕生日じゃないのにプレゼントが貰える〜！　思わぬ収穫！

「お嬢様も成人ですかぁ。髪も上げられるようになりますし、色んなオシャレができるようになりますよ！　なんせお嬢様は寮じゃなくお屋敷から通いになるんですもの。王都の街でお買い物をし放題です！」

いやいや、そんな急にお金持ちにはならないよ。エリさん。たしかに領地経営は上向きにはなってきたけど、まだちょっと余裕になってきたぐらいだよ。

「いやいや、多少貯金はできたとはいえまだまだ貧乏なんだから、慎ましやかにね。それに学校は制服なんだし、オシャレも何もないわよ」

「何を言ってるんですか！　制服でも、髪型やお化粧、アクセサリー、髪飾りみたいないろんな小物があるじゃないですか！　まさかリボンで括って終わりとか考えてませんよね？」

エリの鼻から『フガフガ』聞こえてきそうなくらい鼻息が荒い。怖いよ。

「え〜、ダメなの？　目立たず地味にいきたいんだけど。そうね〜。テーマは『地味な公爵令嬢は誰にも相手にされない』系で」

「何ですかそのテーマは！　変なことは考えないでください！　私が毎朝何とかします！　よろしいですね」

と、エリはなぜか怒っている。ちなみに、ランドは笑いを堪えきれず軽く噴いている。

「ほどほどにね。でも、私の意見も取り入れてね。お願いよ」

はいはい、とエリはもう学校での私を想像しているようだ。最近、私の扱いが雑になっている。

「学校もだけど、儀式も待ち遠しいわ」

「学校よりも一大事ではあるからな」

ブツブツ言っているエリを余所《よそ》に、ランドに魔法判定の話を振る。

聞くところによれば、魔法判定の際、玉を両手で触るとそれぞれの魔法の色に染まるらしい。風魔法は黄色、土魔法は茶色、火魔法は赤色、水魔法は青色……といった感じ。さらに持つ魔力量によって色の濃さが違うらしい。

魔法判定は二種類あって、まず一回目は家魔法の色に染まり、一旦元の白色に戻る。するとまた、色が浮かび上がってきて、それが家魔法以外に持つ二種類目の魔法らしい。

ちなみに家魔法というのは、その家系に代々受け継がれる属性魔法のことらしい。うちは農業が盛んだし、土属性かしら。

その後また白色に戻るので、一分ほど持ち続けて『特化』が現れるかどうか待つんだって。

「へ～。じゃあ、ランドは青になって白に戻ってまた青ってこと？」

「そうだ。その後に『転移』と文字が浮かび上がってきた。もし『特化』が浮かび上がっても言う必要はない。最後の一分間だけは司祭は後ろを向いて、本人しか見ないことになっている」

「魔法の種類って、国に登録はしないの？」

「いや、司祭は色を登録するだけだ。『特化』に関しての記載義務はない。それは『特化』魔法の内容にもよるからな。知られないほうがいい珍しいものもある。開示するもしないも本人次第だ」

そうなんだ。アークもランドも教えてくれたから、みんな知ってるもんだと思ってた。

まあ、ランドのは魔法誓約書があるから内緒なんだけど。

そっか～。そっか～。何にせよ楽しみだ～！　私は本番で顔に出さないようにしなくちゃ……


そして、ワクワクと憂鬱《ゆううつ》が交互する日を乗り越えて、待望の成人の儀当日になった。

前日から王都へ来ていた私は、朝早くからケイトとエリにお人形さんにされている。

「派手なお化粧はしないでね。髪もシンプルにしてね」

私はちょこちょこ意見は言うものの、「はいはい。お任せください」と聞いてるんだか聞いてないんだかわからない返答をされて、どんどん勝手に準備が進む。

ってか、コルセットってすんごい苦しいのね!!

前世では腰回り引き締めパンツとか穿いてたけど、あんなの目じゃない。こんなの息ができないよ……。私はもう泣きそうだ。てか泣いている。

「あ、あまりキツくしないで。く、苦しい……」

「そうですねぇ。まぁお嬢様は締め上げなくてもいいでしょう。エリ、少し緩めて」

と、ケイトが助けてくれる。ありがとう、ケイト様！

「え～でも……わかりました」

エリは渋々ながらも少しだけ緩めてくれた。

「は～。息ができるわ。しかし、世のお嬢様は大変ね。私、今後コルセットをつけなくちゃいけないならドレスは着たくないわ～」

「何を言ってるんですか。今後は社交界デビューもしますし、夜会にも出席しなければいけませんよ」

「そうなんだ……何とか欠席できないかな？　お爺様にお願いでもしてみようかしら」

ケイトの呆れ顔を横目に、できもしないことを考えながら二人にドレスを着せてもらった。

大きな鏡の前でくるっと一回転する。

「何度見ても、本当に可愛いわよね～！」

やっぱり、こうしてきちんとすればお嬢様に見えるもんだな。

「お嬢様、今日は主役ですからね。さあ目一杯オシャレしましょうね」

エリは鼻歌交じりに、鏡の前に置かれた椅子に座る私にアクセサリーをつけ、髪の毛を仕上げていく。もちろんお母様の宝石を身につけるよ。

「はい。お嬢様。出来上がりです。そろそろ時間ですから、すぐにエントランスに参りましょうか」

エリはやってやったぜと、額の汗を拭ってサムズアップしている。

私はそれに苦笑いを返しながら、ケイトとエリに付き添われてエントランスに向かった。

エントランスへ下りると、お爺様や兄さん、ロダン、ミランなど、お屋敷にいるみんなが待ち構えていた。

私の姿を見るや否や、お爺様が破顔して私のもとに駆け寄った。

「お〜。ジェシー。さすがわしの孫じゃ。何と可愛らしいんじゃ、光輝いておる！　いかんいかん。もう成人じゃしな、とても美しいよ。ジェシーおめでとう」

お爺様は両手を広げて抱っこしてくれる。

兄さんは私を見て目を見開いて呆然としている。

リットとランドは護衛騎士らしいカッチリした黒の制服姿で立っていた。制服だからいつもの二割増しでかっこよく見えるし、黒の騎士服がグッとくるねぇ。そりゃ、モテるはずだ。

ロダンは目を真っ赤にしながら、瞳を潤ませている。

「お嬢様、成人おめでとうございます。こんなにも可愛らしいお嬢様を亡き旦那様にもお見せしたかったです。……本当によくお似合いです」

ちょっと泣いてない？　やだ、しんみりするじゃない。

「ありがとう。みんな」

やばい、照れるなぁ。その後、束の間の雑談タイムだったが、ついに時間が来てしまったので、大聖堂へと向かうことになった。

お爺様と私、兄さん、ロダン、ケイトは馬車に乗り、リットとランドは馬で後ろからついてくる。

ちなみにエリはミランと一緒に見学に来るらしい。

「到着したら、今日はクリスも顔を見せる予定じゃ」

と、お爺様の弟さん家族が駆けつけてくれるらしい。

「又従兄弟《またいとこ》とかいるのかしら？　分家になるのですか？」

「いや、分家ではない。クリスは独立しているから子爵位で王都に住んでおる。たしか孫はジェシーの二つ上だったような。今日会うからまたそのときに紹介しよう」

そっか、はとこがいるんだ。どんな子かな～楽しみ。

「お嬢様、大聖堂に着きますよ。公爵令嬢として気を引き締めてください」

ケイトは家族に囲まれているので気を抜いてしまった私を現実へ呼び戻す。

「ええ」

馬車で大聖堂の貴族用入り口の前に着いた私たち一行は、まず待合室へ通された。中にはお爺様の弟一家と見知らぬ人がちらほら。

そんな中、一人の男性が声をかけてきた。お爺様に目元が似ているし、この方がクリス様ってこと？

「ジェシカ嬢、この度は成人おめでとうございます。私、クライスの弟でクリスと申します」

「初めまして、クリス様。この度は、私のためにわざわざありがとうございます」

ケイト先生直伝のカーテシーをして優雅に微笑んでみる。あかん。顔が引きつりそう。今日はこれが続くんだよね……

「まぁまぁ、あのジェシカ様がこんなにも立派なレディになられて。おめでとうございます」

と、大叔母様とも挨拶をする。

その後、クリス様の息子夫婦、孫と順に挨拶を交わしていく。

「これは現在二学年で騎士科に通っておりますグレゴリーです。学校でお会いするかと思いますので、これからはよろしくお願いいたします」

「よろしくお願いします」

と、グレゴリーは片手を胸の前に出し敬礼する。

「ええ、よろしくお願いね」

ふむふむ。がっしりしたごつい系ね。リットや兄さんとはちょっと系統が違うのかな。兄さんは面識があるみたいで、がっしり再会の握手を交わしている。

こうして身内の顔合わせが一段落した頃、二人の男性が近づいてきた。

あれ？　身内はほとんど終わったはずなんだけど……

そう思ってお爺様を見ると、「あ〜」と言わんばかりに乗り気じゃなさそうな表情を浮かべていた。

「ご歓談中失礼いたします。ご挨拶をしてもよろしいでしょうか？」

「ああ、許す」

「初めまして。この度は成人おめでとうございます。私は隣領のミサ領領主、サミュエル・ミサと申します。以後、お見知りおきを。あなたのお父様とは同窓生でして、卒業後も懇意にしていただきました」

そう言い、二人の男は深々と礼をしてくる。

慣れないな……年上に頭を下げられるのは。順位があるもんね。

「ありがとうございます、ミサ様。私はジェシカ・ロンテーヌでございます。こちらこそどうぞよろしく」

「あとこれは私の息子でして。次男のカミルと申します。現在一学年に在籍しているんですが、歳も近いことですし、よろしくお付き合い願いたいものです」

ニコニコイケメンのおじさまは、隣で一礼していた息子カミルを紹介してきた。

「カミル様、よろしくお願いいたします」

「ええ、よろしくお願いいたします。ジェシカ嬢。わからないことが多いでしょうから、学校では私を頼ってください」

私が挨拶すると彼はそっと私の手を取り、手袋越しに手の甲にキスをした。自信満々のイケメンスマイルだ。どっかでやったな、このやり取り。

「ええ」としか返せず、何とか笑顔を作って微笑んでみる。

カミル様は笑顔でまだ私の手を取っている。そっと手を引くと『残念です』とウィンクしてきた。……王都の男はみんなこうなのか？

「何じゃ？　カイデールは春には卒業予定だが、学校にはまだ弟のとこのグレゴリーも、執事のとこのロッシーニもおる。カミル殿の心配には及ばん」

お爺様はちょっとイラっとしたのか牽制している。そうよね、私たちの税収を下げた領の人よねこの人たち。お爺様は私を片手で囲い後ろに下がらせる。私もその隙にみんなの後ろに回った。

「おやおや、手厳しいですな、クライス様。今や飛ぶ鳥を落とすロンテーヌ領が何をおっしゃいますか。ぜひ、引き続き交流を深めたいものですな。何でしたら、税率の件は以前に戻してもいいんですよ」

と、グイグイ来るミサ領主。ミサ領は他領に媚を売らなくてもいいような大領地だったはずだけど……

「今さら調子がええことじゃ。今日は成人の祝いのはずじゃ。こんな所で息子を押し売るな」

「これは失礼いたしました。いずれ、社交界で。またお会いしましょう」

お爺様はちょっと怒っていたが、ミサ領主たちは「はっはっは～！」と笑いながら風のように去っていった。

「お嬢様、心配はいりません。ミサ領のことはお忘れください。税のこともへちまん効果で問題はありませんよ」

ロダンが小声で私の耳元で囁く。あ、そうなんだ、安心～！

さらにはそっとランドが私の手袋に水魔法をかけ、リットが風魔法で乾かした。さっきいけ好かないお坊ちゃんに触られたところじゃん。

ははは。息が合ってる！

「ジェシカ・ロンテーヌ様。お時間でございます」

「では、行ってまいります」

案内係にそう告げられて、お爺様と私、護衛の二人だけが待合室を出る。

「お爺様、いよいよですわ。緊張してまいりました」

エスコートしてくれているお爺様は「大丈夫。すぐに終わる」と、言ってくれた。

大聖堂の大きな扉の前に立つと、見張りの騎士が大きな声をあげる。

「ジェシカ・ロンテーヌ公爵令嬢のご入場！」

扉が左右に開かれ、入り口付近でお爺様のエスコートが終わる。

ここからは、一人で歩いていくんだ。しっかりしないと。

赤い絨毯《じゅうたん》が中央まで伸び、真ん中あたりで直角に曲がっていて大聖堂の祭壇へと続いている。

足を踏み出すと、左手にエリが言っていたバルコニーが目に入った。エリが最前列で手を振っている。ミランとロッシーニ、マーサ、ケビンの姿もあった。

みんな来てくれたんだ。嬉しい。

私が中ほどまで進み角を曲がると『わ〜』と、女性たちの歓喜の声があがった。あ〜、曲がった拍子にリボンがふわっと揺れたのね。これでドレスのお役目は十分に果たせたかな。

そして祭壇の前まで進むと、またしてもイケメンが立っている。

この世界はイケメンしかいないのか？　こうもあちこちにイケメンがいるとありがたみがなくなってくる。銀の髪が腰まである色白美人の男性――大司教様が私に玉を渡した。

「では両手でしっかりと持ち、心を落ち着けてください」

私は両手で玉を受け取り、じ～っと玉の様子を見つめる。

ぼや～っと、玉が黒に近い焦げ茶色に染まる。つまり土属性。

やがて白色に戻り、さぁ二種類目は何だろう、とドキドキする――が、なぜか白いままだった。

家魔法しかないってこと……!?

「ごほん。では私は後ろを向きますので、玉を見ていてください」

大司教様がさっと後ろを向く。

いやいやいや、マジで一種類だけ？

そう思いながら半泣き状態でがっくり肩を落としていると、ぽわっと玉に薄く文字が浮かび上がってきた。


『写』


写……って、何これどういう意味!?

文字が消えた頃に、大司教様がこちらを向いたので急いで玉を返す。

「何か見えましたか？」

大司教様は、女神様よろしくキレイな顔で微笑み問いかけてくる。危ない、美人の笑顔に釣られて言いそうになってしまった。

「……あの、私が持つのは家魔法だけなのでしょうか？」

「そうですね。数としては一種類だけですね。領主一族としては珍しいですが、過去に例がないわけではありませんので心配されなくても大丈夫ですよ。しかもその一種類の色が黒に近かったので、魔力量は相当なものだと思われます」

大司教様はニッコリ笑って私を祭壇横にあるドアへと導いた。ドアが開くとお爺様が出迎えてくれているが、ちょっとオロオロしている。お爺様は心配してくださっていたようだ。

「どうじゃった？　上手くいったか？」

「ええ。馬車でお話しします」

それ以降私が黙っているので、周りは気を遣って喋らない。

私たちはこのあと王城へ行くため、大聖堂から出るとまた馬車に乗り込んだ。

ガタガタと車輪の音が聞こえる中、私はポツリポツリと半泣き状態で話し始めた。

「お爺様……私、家魔法しか色が変わりませんでした。二種類目はないんですって」

「なっ、なんと……！　ま〜、ジェシーは女の子じゃからそう嘆かなくても良い」

と、お爺様は励ましてくれる。

「でも色が黒に近い焦げ茶色だったの。お爺様やお兄様はどんな色だったの？」

「黒に近いとな！　それはある意味すごいな。わしは風魔法も持っているから明るい茶色じゃった。黄土色に近いかもしれん」

「俺は髪の色のような赤茶色だったよ」

「恐れながら、私は薄い茶色でした」

と、兄さんとロダンも話してくれた。

「だいたい髪色に近い色が出るんじゃよ。そうか、黒に近い茶か……」

お爺様は考え込んでしまった。

「何かあるのですか？　大司教様は魔力量が多いのでは、とおっしゃっていたけれど」

「ああ、色が濃ければ濃いほど魔力は多いから、おそらくじゃがこの中で一番多いじゃろう。しかも、王族に匹敵するくらいの多さじゃ」

どうすればいいかの……とお爺様はブツブツ言い出した。

「あと、これは言ったほうがいいのかしら。実は特化の文字が浮かびました」

私の発言で、馬車のみんなが凍りついた。

「大変じゃ！　今から王に会わなくてはいかんのに……ロダン！」

今まであんなに冷静だったお爺様が、オロオロとしながら私たちの前でロダンに助けを求めている。お爺様がオロオロし続ける中、隣でロダンは黙って考え込む。

しかし少しして、厳《おごそ》かに口を開いた。目がマジだ。

「まず王様には本当のことをお話ししてください。今代の王様は何事も見抜く特化の『眼』をお持ちなので、隠しても無駄です。お嬢様は聞かれたことには素直に答えてください。あとは、聞かれるまでは何も話さないこと」

ごくり。唾を飲みながら頷く。

「あとは特化ですが、文字は何でしょうか？」

「『写』よ。写すって文字」

「『写』ですか……はて、何でしょうか。これはおそらく珍しいほうの特化かと思われますので、聞かれても『わからない』で通してください。あぁ、聞かれるまでは自分から言わなくていいですよ」

ロダンが話し終えた瞬間、一同は「はぁ〜」とため息をついた。

「ジェシー、大丈夫だ。俺が側にいるから」

と、兄さんは励ましてくれる。本当に頼りになるのか？

「あとは前世、異なる世界の記憶ですが、これも聞かれるまでは言わないようにしてください」

ロダンとお爺様はそのまま議論が始まった。私のことや今後のことなど、あらゆるシミュレーションをしている。

「お兄様、最悪、王族に保護されてしまったら……ロンテーヌに帰れなくなるのかしら？」

それは嫌だとケイトに抱きつく。

「大丈夫だ。ロダンがいるんだ。どうにかしてくれるよ。何と言っても元参謀だぞ！　いい案が思いつくかもしれない」

兄さんは「大丈夫」と何度も言ってくれる。

私は少し涙ぐみながら、ぼ～っと窓の外を見る。楽しいはずの王都の景色が、ぼやけて遠くの景色のように流れている。

それにしても『写』か……

写す。一体何を？

遠くの景色？　異なる場所を写す？　千里眼的な？

いや魔法を発現させないことには、まだわからない。

珍しい特化は自主練って言ってたよね。まずは、魔法を早く習得しなくては……

こんなことを考えていると、王城に着いてしまった。

「お嬢様、謁見にはご主人様とカイ様、お嬢様だけが参加いたします。ですが、くれぐれも口を滑らせないように。おしゃべりはご主人様にお任せください」

ロダンは私に念を押し、馬車のドアを開けた。

リットにエスコートされ馬車を降り、お爺様と共に中へと進む。後ろには兄さん。その後ろには、ロダンとケイト。護衛は少し離れた両隣を歩いている。

一階奥の突き当たり。謁見の間の大きなドアの前でまた名前が呼ばれた。

「ロンテーヌ公爵領から領主クライス・ロンテーヌ様とカイデール様、ジェシカ様がお目見えです！」

ドアが開き、いざ王様とご対面である。

ふっかふかの絨毯《じゅうたん》を進んだ中ほどで、最敬礼をして王様のお声がけを待つ。が、中々来なくてカーテシーの足が震えてきてしまった。

やがてガラッと空気が変わったかと思うと、低いイケボが謁見の間に響いた。

「面《おもて》を上げろ。久しいな。クライス。随分と年老いたな」

私たちは顔を上げたが目線は王様の足元だ。

「はい。お久しゅうございます。私が騎士団におりました頃ですから、約三十年振りぐらいでしょうか。王もまたご立派になられましたこと、嬉しく存じます」

「私もあの頃はまだ十代だったからな。よく騎士団に忍び込んで稽古をつけてもらったのが懐かしい。私が王位についた頃にはとっくにお主は隠居しておったからな」

ははははははっと、和《なご》やかムードで話す二人。王様は若い頃のお爺様を知っているみたいね……ということは、お父様と同い年ぐらいかな？

「して、この度の成人の儀はそなたの孫か？　成人おめでとう。ジェシカ・ロンテーヌ嬢。しかし、不思議だな。なぜそなたには異世界の記憶があるのか？」

思いもよらない爆弾発言で、ロンテーヌ公爵家の面々は凍りついた。

挨拶の口上も、何も言ってないのに……いきなりかよ！

どうしよう、どうしよう。何と言えばいいのか、私はプチパニック状態だ。

ロダンは、王様には『眼』があって嘘が通じないから、聞かれたことには正直に答えろ、と言っていた。そっとお爺様を見るがお爺様も固まっている。

「ジェシカ嬢。そなたに聞いておる。面《おもて》を上げ、私を見ろ」

ダメだ！　もう助けは望めない！　怯んではダメ。大丈夫！　がんばれ私！

ゆっくりと顔を上げ、背筋を伸ばす。

「はい。まずはご挨拶をさせてくださいまし。ロンテーヌ領主の孫ジェシカ・ロンテーヌにございます。この度はこのような場を設けていただき、恐悦至極に存じ奉ります」

と、再び最敬礼のカーテシーをしてみせる。

「よい。で、そなたは何者だ？」

私は顔を上げると、ちらっと部屋にいる人たちを回し見て、王様に視線を向けた。

王様は訝《いぶか》しげな表情を浮かべていたが、すぐに合点がいったようだ。

「あぁ、この者たちは魔法誓約があるので安心せい。今回この部屋で見聞きしたことは外に出せないことになっている。この意味はわかるな？　あと変に猫を被らず普通に話せ。そのほうがわかりやすい」

おっと、この王様は話がわかる系なのか？

いやまだ決断は早い。私は王様の姿をまじまじと見てみる。

目の下にくっきりクマがあり少し疲れていそうな赤髪のイケオジは、威風堂々と玉座に足を組んで座っている。鋭い両目は審判者のそれだった。

「ありがとう存じます。ではお言葉に甘えさせていただきまして。その前に、私のことはどこまでご存知なのでしょうか？　それとも全てお話ししたほうがよろしいでしょうか？」

と、質問で返してみる。

これは賭けだ。

「ほぉ〜。私に意見か……よかろう。皆が知っているが、私には特化の『眼』がある。これは簡単に言えば人の頭の上に文字が浮いて見える。名前、魔法の種類、魔力量や特記すべき点などだ」

王様は「じゃぁ、次はお前な」って感じで話を振ってくる。

へ〜、ゲームのステータスみたいな感じに見えるのかな……便利じゃん。

「かしこまりました。では長くなりますがご清聴くださいませ」

私は王様が顎《あご》を微《かす》かにしゃくって合図したことを皮切りに、お爺様たちに話したことを丸っと全て話した。

「そうか。ただの平民の夫人か。で、今回の新商品と結びつくのか？」

「はい。その世界にあったものです。たまたま材料が近くにあり、皆で意見を出し合い、たまたま完成しました。偶然の産物ですが発案は私です」

「そうか。他はあるのか？」

「はい。春に発表予定のサボンに似た商品があります」

「それも商品か……生活雑貨以外の記憶はないのか？　あぁ、平民の夫人だからないのか」

王は顎《あご》に手をやり考え込んでいる。

……もしかして私に利用価値を見出そうとしてる？

「あとはそなたの能力だな。単体ではあるが魔力量が絶大で私に並ぶほどだ。……気になるのはその特化の『写』か……」

よし。ここまではいい感じ。

「はい。私もはっきり言って、わかりません」

そう言った瞬間、王様の側にいた人たちが息を呑んだ。あれ、ここまでぶっちゃけるのはダメだった？

「はははは！　本当に素直に物申すのだな。よい。私が許したのだから。おい宰相、お前から何かあるか？」

王様は笑っている。た、助かった。

後方でロンテーヌ一族がほ〜っと息を吐くのが微《かす》かに聞こえた。

「では私めから。婚約者はいるのか？」

いや、宰相さんもドストレートだな。お爺様はやっと自分のターンだと思ったのか話し出した。

「恐れながら、その件は私からよろしいでしょうか。現在、婚約者も候補もおりません」

「ほぉ〜。忠誠心からか、はたまた他の思惑が？」

王様も宰相も目を細めた。

「そのどちらでもございません。強《し》いて言えば、忠誠心のほうですかな」

「ふむ、続けろ」

「我が領は細々とした土地のため他領にとって利益がありません。ですから、代々政略結婚はできず恋愛結婚をしております。貧乏ながらも夫婦仲は良いので、上位貴族の割には家族の絆が強いと自負しております。以上のことに加えて『異世界の記憶』を陛下にお見せするまでは、定めるつもりはございませんでした」

「ほぉ～……それが忠誠心ねぇ。へちまんやサボンに群がる貴族は、特化がなくともたやすく想像できるだろうに。して、この後はどうする？」

なんだか王様は面白がっている。

「学校を出たあとは本人に任せますが、できることなら領に留め、婿をもらって分家させようかと思っております。本人の希望でもございますので」

お爺様はしれっと私の意見として言い放った。おいおい、そりゃ～ロンテーヌに骨を埋めたいけどさ。先に言ってよ。

お爺様が話し終えると、王様が「どうなんだ？」と私を見てくる。

「恐れながら、私も父や母のように恋愛結婚をしたいとは思っています。それに私はこ、の、記憶で生活雑貨を発明したいのです。それは他領では叶いません。婦女子が領政に好き勝手に携《たずさ》われるのは我が領だけですので」

ええい、ままよ。とぶっちゃけちゃったよ。王様は怪訝《けげん》な表情を浮かべて、私からお爺様に視線を移した。

「そうか相分かった。クライス、なぜ、私の意見を待った？」

「それが当然かと。過去に『イタリアンシェフ』なる者がおったそうですが、そのときは王族が後ろ盾になられました。それならば王に判断を委ねるのも一考かと」

「……今の領主も概ね代替わりしているからな。古参のクライスならではの発想か……」

昔の『イタリアンシェフ』のことを知っているのは、王族か引退した先代たち。しかも一部しか知らないのだ。

「彼《か》の者は平民だったから保護したまでだ。別に国が囲ったわけではない。あのままだと彼奴《きゃつ》が危険だったのだ」

へ～、そんな経緯があったんだ。でも平民なら最悪誘拐されてたし、良かったのかもね。

「では、婚約者は定めないと？」

宰相様は言質《げんち》が欲しいのか、えらく聞いてくるじゃん。

「今のところは。私が返り咲いたおかげで私の時代よりやり易くなっております。他の領主たちの親と同じ頃ですからな。周りは小童《こわっぱ》ばかりです」

ははははは、とお爺様は口を開けて笑った。

お爺様はもう王様の圧に慣れたのか……肝が据わってるな。兄さんはまだがっちり固まったまま石像みたいになっているというのに。

「わかった。今回はこのぐらいでよい。後ろがつかえているからな。また近々席を設けよう」

「かしこまりました」

最後に一度儀礼ばった挨拶と頭を下げて、終了となる。ふ～。やっと終わった。

「こちらからご退出を。今回の異なる世界の記憶のことと『特化』は、他に漏らしませんのでご安心を」

と、宰相様も一礼してくれた。

謁見の間から出ていく最中、王様が私を一瞥《いちべつ》した。

「しかしジェシカと言ったか……私の圧に当てられぬとは度胸があるな。クライスの孫だからとも思ったが、記憶のせいか魔力量のせいか、十五には見えないその話振り。次の席を楽しみにしているぞ」

「私でよろしければいつでもお呼びください。参上いたします」

ニッコリ笑う王様に最後にもう一度カーテシーを披露し、さっさと退場した。

何なのあのイケオジ。マジ心臓に悪い。

また来いって言ってたよね……？

私はオロオロとお爺様と兄さんを交互に見るが、二人は無言のまま馬車まで歩く。

いつもよりめちゃくちゃ早歩きだったから、馬車に着く頃には息を荒らげていた。

そして、馬車にみんなが乗り込んで走り出したとき、兄さんが大きく息を吐いた。

「はぁ〜〜〜〜〜……」

それを皮切りに、王様と謁見した私たちも大きく息を吐いた。

首を傾げるロダンたちに、お爺様が謁見時の内容を話し始める。

「お疲れ様です」

「あ〜ん、ケイトぉ〜」

それを聞いたケイトがいい子いい子してくれた。

でもとりあえず成人の儀は何とか乗り切ったし、そのあとの王様の謁見も乗り切った。

もう合格点でしょ！

その後王都の家に戻るまでの間、私たちは馬車の中で成人の儀や謁見の間での感想を言い合った。

そしてその雑談で、私たちの中で認識が一致した。

――あのイケオジ王は要注意!!


数日後、領へ戻った私たちは家族会議を行った。

そう、私の『特化』についての話し合いだ。

「ジェシー。『特化』じゃが、何かわかったことや体に変化はあったか？」

お爺様が優しく心配そうに話しかけてくる。

でも特に何か変わったこととかはないのよね。というか、何か調べようとしても文献とか一切ないし。

「いえ、まだ学校へ行っていないので魔法を扱えませんし、特に変化は……」

「まぁそうじゃろうな。ロダン、これはしばらく秘密にしよう。他への自慢にしてはちと危険じゃ」

「そうですね。一般的な『光』などなら、『特化あり』として箔にもなるのでしょうが……詳細がわからないものですと、トラブルの元になりかねないですからね」

そうなんだ。やっぱり特化を持ってるだけで自慢になるんだね。

「王族レベルの魔力量とやらも気になるところじゃし……」

皆でうんうん考えている。

真剣な表情で黙りこくる皆だが、正直たぶん、ここで何か議論したところで良い結論は出ないと思うのよね。実際に使えてから議論しないと。

「皆様、ここで悩んでも仕方がないわ。まだ学校へも行っていないんだし、私の『特化』のことは魔法が扱えるようになってからでもいいんじゃないかしら？」

「じゃがジェシー……それでお主は良いのか？」

「ええ、もちろん！　それより私はもっともっとしたいことが山積みなの！」

私は明るく振る舞いながら立ち上がり、本音をぶちまける。

「まだ思いつきが？」

「えぇ。いっぱいありますともお爺様！　早く進む乗り物に時計塔、掲示板でしょ？　まだ途中の登録手形のことだってあるし、領内の道路整備にも興味があるわ」

話し始めてしまうと、どんどんどんどん色々なものが思いつきとして出てくる。

「あとはそう、領民学校ね！　領の服のことだってあるし……やりたいことが追いつかないの！」

私は一息で言い終えると、黙りこくった皆を見回す。

しかし、なぜか大人たちが全員で図ったかのように、大きなため息をついた。

……ん？　私何か変なこと言った？

「ジェシー……ほどほどにな」

お爺様は一気に疲れている。なぜに？

「え？　でも……」

「まぁまぁご主人様。お嬢様の思いつきは領のためを思ってのことですし、温かく見守ってまいりましょう」

「そうじゃなぁ。悪かった、ジェシー。これからもよろしく頼むぞ？」

「は……はい？」

「しかし、何事も少しずつな。さほど時間を経ずにわしは追い越されそうじゃ、わはは」

「はい！」


こうして私はお爺様の言質《げんち》を取り、『領のため』という大義を掲げながら領内を駆け巡った。

やりたいことをやりたいように「あーでもない、こーでもない」と毎日妄想しては行動に移し、発明を続けていった。

少しずつ領地は裕福になっているとはいえ、まだまだ発展途上。学校に行き始めたらあまり多くの時間は割けないから、なるべくなら学校が始まるまでに何とか今の思いつきは形にしたい。

「えへへ〜」

自由に過ごせて、毎日ワクワクが止まらない。でもこれも皆の助けがあってのことだもんね。

これからも思いつきと発明で領地改革をしていって、周りを便利にしていくわよ！

そう決心した私は今日も、思いつきを胸にロンテーヌ領を駆け巡るのだった。

新＊感＊覚ファンタジー！

レジーナブックス
Regina

レジーナブックス
Regina

育てた子供は
天使のように可愛いお姫様!?

異世界で捨て子を育てたら王女だった話

せいめ

イラスト：緑川葉

市井で逞しく生きる、元伯爵令嬢のエリーゼ。前世の記憶と特別な魔法“家事魔法”のおかげでなんとか生計を立てていた。ある日、街路の片隅で天使のように可愛い赤ちゃんが捨てられているのを見つける。その足で街の孤児院に連れていくが、引き取りを拒否されてしまい、自分で育てようと決意する。それから五年、王国の近衛騎士がすっかり愛らしく育った子供を迎えに来て……!?

詳しくは公式サイトにてご確認ください。

https://www.regina-books.com/

携帯サイトはこちらから！

新＊感＊覚ファンタジー！

レジーナブックス
Regina

レジーナブックス
Regina

第16回恋愛小説大賞読者賞
&大賞受賞

婚約解消された私は
お飾り王妃になりました。
でも推しに癒されているので
大丈夫です！

初《はつ》瀬《せ》叶《かなう》

イラスト：アメノ

譲位目前の王太子が婚約解消となったことで、新たな婚約者候補として挙げられ現在の婚約を解消させられたクロエ。生贄同然の指名に嫌がるも、「近衛騎士マルコが専属の護衛としてつく」と聞かされ、マルコがいわゆる『推し』な彼女は引き受けることに。『未来のお飾り王妃』という仕事だと割り切ったクロエに対し、常に側に控えて見守るマルコが、勤務時間を越えて優しく労わってくれて……

詳しくは公式サイトにてご確認ください。

https://www.regina-books.com/

携帯サイトはこちらから！

新＊感＊覚ファンタジー！

Regina レジーナブックス

夫を鍛え直し
ハッピー領地改革

魅了が解けた元王太子と結婚させられてしまいました。

～なんで私なの⁉
勘弁してほしいわ！～

金峯蓮華《かなみねれんげ》

イラスト：桑島黎音

貴族令嬢のミディアは、かつて悪女の魅了魔法にかかり「やらかして」しまった元王太子のリカルドと結婚してくれないかと、両親と国王夫妻に頼まれる。ところが、現在は事件の責任をとって公爵として領地にひきこもっているリカルドは、すっかり後ろ向き。仕方なく彼女は、夫となったリカルドを叱咤激励し、前を見るように仕向けていく。やがて彼は少しずつ逞しくなり、生来の誠実さを見せ始めて――⁉

詳しくは公式サイトにてご確認ください。
https://www.regina-books.com/

携帯サイトはこちらから！

新＊感＊覚　ファンタジー！

レジーナブックス
Regina

レジーナブックス Regina

実は私も聖女でした

選ばれたのは私以外でした

〜白い結婚、上等です！〜

凛 蓮月《りん れんげつ》

イラスト：香村羽梛

伯爵令嬢のアストリアは王太子と婚約していたが、白い髪の聖女に乗り換えられてしまった。しかし聖女たちが結婚してから何やら王族の様子がおかしくなり始め……？　そんな折、騎士団長ヘルフリートがアストリアに会いにきて、「貴女を守りたい」と白い結婚を申し込む。実は聖女と同じ白い髪で、魔法に長けたアストリアも事態の収束に協力するが——？　実力を隠した捨てられ令嬢が送る壮大な逆転劇、開幕！

詳しくは公式サイトにてご確認ください。

https://www.regina-books.com/

携帯サイトはこちらから！

新＊感＊覚ファンタジー！

レジーナブックス
Regina

レジーナブックス
Regina

王子様、
積極的すぎです!

自由気ままな
伯爵令嬢は、
腹黒王子にやたらと
攻められています

橋本《はしもと》彩里《あやり》

イラスト：武田ほたる

前世の記憶を持つフロンティア。ここが大人向け乙女ゲームの世界だと気付いたが、自分は関係ないと気ままな生活。魔法を使って野菜の品質改善とともに自領地を盛り上げようと奮闘していたら……!?　縁がないはずの王太子殿下がやたらと絡みにくるし、姉は攻略対象者の一人に捕まり、気づけば周囲が騒がしい。王子と恋愛なんて遠慮したいのに、この現状に一体どうしたらいいのー!!

詳しくは公式サイトにてご確認ください。

https://www.regina-books.com/

携帯サイトはこちらから！

新＊感＊覚ファンタジー！

Regina レジーナブックス

レジーナブックス Regina

ブサカワ令嬢は強し!?

ブサ猫令嬢物語

～大阪のオバチャン（ウチ）が悪役令嬢やって？　なんでやねん！～

神無月《かんなづき》りく

イラスト：綾瀬

ある日、大阪のオバちゃんだった前世を思い出したブサ猫そっくりな公爵令嬢ジゼル。自分が乙女ゲームの悪役令嬢であることにも気付いた彼女は断罪されないため奮闘する……までもなく、王太子の婚約者選びのお茶会にヒロインが闖入したおかげであっけなく断罪を回避する。これを機に温泉や乗合馬車などの新事業に取り組み始めるジゼルだけれど、新事業が評判を呼んだせいでヒロインに目を付けられて——

詳しくは公式サイトにてご確認ください。

https://www.regina-books.com/

携帯サイトはこちらから！

この作品に対する皆様のご意見・ご感想をお待ちしております。

おハガキ・お手紙は以下の宛先にお送りください。

【宛先】

〒150-6008 東京都渋谷区恵比寿4-20-3 恵比寿ガーデンプレイスタワー 8F
（株）アルファポリス　書籍感想係

メールフォームでのご意見・ご感想は右のＱＲコードから、
あるいは以下のワードで検索をかけてください。

アルファポリス　書籍の感想　検索

ご感想はこちらから

本書は、「アルファポリス」（https://www.alphapolis.co.jp/）に掲載されていたものを、改稿・改題のうえ書籍化したものです。

前《ぜん》世《せ》持《も》ち公爵令嬢《こうしゃくれいじょう》のワクワク領地改革《りょうちかいかく》！ 私《わたし》、イイ事《こと》思《おも》いついちゃったぁ～！

Akila（あきら）

2023年 12月 5日初版発行

編集－山田伊亮
編集長－倉持真理
発行者－梶本雄介
発行所－株式会社アルファポリス
〒150-6008 東京都渋谷区恵比寿4-20-3 恵比寿ガーデンプレイスタワー8F
TEL 03-6277-1601（営業） 03-6277-1602（編集）
URL https://www.alphapolis.co.jp/
発売元－株式会社星雲社（共同出版社・流通責任出版社）
〒112-0005 東京都文京区水道1-3-30
TEL 03-3868-3275
装丁・本文イラスト－華山ゆかり
装丁デザイン－AFTERGLOW
（レーベルフォーマットデザイン－ansyyqdesign）
印刷－中央精版印刷株式会社

価格はカバーに表示されてあります。

落丁乱丁の場合はアルファポリスまでご連絡ください。

送料は小社負担でお取り替えします。

©Akila 2023.Printed in Japan

ISBN978-4-434-32682-0 C0093